W9-CFK-348

CUENTOS BRASILEÑOS

Av. Ricardo Lyon 946, Santiago de Chile

Inscripción Nº 90.748, 1994

Se terminó de imprimir esta primera edición
de 3.000 ejemplares en el mes de septiembre de 1994

IMPRESORES: Antártica

IMPRESO EN CHILE / PRINTED IN CHILE

ISBN 956-13-1252-2

CUENTOS BRASILEÑOS

AFFONSO ROMANO DE SANT'ANNA
Compilador

EDITORIAL ANDRES BELLO
Buenos Aires-México D.F.-Santiago de Chile

CONTANDO CON LOS BRASILEÑOS

Usted iniciará la lectura de una antología de escritores brasileños contemporáneos. Son autores que se han dado a conocer en Brasil y en el exterior en esta segunda mitad del siglo. Podría situarlos diciendo que pertenecen a la segunda y tercera generación modernista. La única excepción, naturalmente, es Machado de Assis, presencia obligatoria, sin embargo, en una antología como ésta.

Cuando me refiero al "modernismo", tengo que dar una información complementaria. Modernismo, en Brasil, tiene un significado algo diferente al que se le da en los países de habla española. No es una mezcla de simbolismo, parnaso y exotismo oriental de fines del siglo diecinueve; es un movimiento de vanguardia, que se afirmó en la Semana de Arte Moderno de 1922, realizada en Sao Paulo, y donde surgieron autores como Mario de Andrade y Oswald de Andrade. Esa fecha se considera el verdadero rito de iniciación del siglo veinte y se aplica al modernismo en nuestras artes.

Los autores que aquí presento, por lo tanto, comenzaron a hacerse conocidos alrededor de los años cincuenta. Algunos, como Murilo Rubião, Fernando Sabino y Lygia Fagundes Telles comenzaron a publicar en los años cuarenta; pero sólo se dieron a conocer, ellos y los demás, a partir de la década siguiente.

El lector encontrará informaciones sobre cada escritor en un sumario de la biografía que acompaña a cada cuento. Aquí me limitaré a algunos comentarios.

Por ejemplo: elijo, al azar, a Murilo Rubião. Es un escritor singular. Singular, porque estableció una tradición en nuestra literatura. Es casi un autor solitario, en el sentido de que es uno de los poquísimos que trabajan con el llamado "realismo mágico" hoy tan exaltado gracias a García Márquez y otros latinoamericanos. Pero lo que resulta extraordinario en Rubião es que hacía este tipo de literatura cuando todavía no estaba de moda, en los años cuarenta, solitariamente.

En Brasil existe una anécdota interesante, relacionada con esto: no institucionalizamos el "realismo mágico", porque el país ya era, naturalmente, surrealista. Ser surrealista es, aquí, ser simplemente realista. Y es aquí donde se inscribe la obra de Murilo Rubião.

Fernando Sabino apareció a edad muy temprana en nuestras letras. A los diecisiete años ya publicaba y ganaba concursos. Y cuando publicó *El encuentro marcado* (que actualmente debe de haber superado las sesenta ediciones) ingresó definitivamente en la nómina de nuestros grandes escritores. Autor de crónicas de estilo ágil y moderno, retrata el mundo cotidiano con raro humor crítico. Del cuento que incluimos aquí, *El hombre desnudo*, ya se hizo una película. Fernando Sabino tiene el don de Midas: todo lo que publica se convierte en un éxito inmediato.

Clarice Lispector es un fenómeno. Yo diría que hoy ya pertenece a la literatura francesa. En realidad, el sueño de los latinos y norteamericanos pasa siempre por París. Pero digo que se volvió francesa, porque los lectores y estudiosos franceses verdaderamente la han hecho suya. Y con ese apellido judío, esta escritora de origen ucraniano se ha transformado en un nombre universal.

Lygia Fagundes Telles es de las autoras más leídas dentro y fuera de nuestros colegios. Traducida, con obras adaptadas a la televisión, sabe manejar el lirismo y lo trágico de la existencia de modo áspero y delicado a un tiempo.

Rubem Fonseca es actualmente un nombre internacional. Produce una literatura hiperrealista sobre nuestra vida urbana y ha logrado moldear la narración puramente policial con una refinada indagación sobre el arte novelesco.

Si hubiera situado cronológicamente a estos autores en un solo tramo, diría que surge una generación más joven a partir de Nélida Piñón, hoy bastante conocida dentro y fuera de América Latina. Nélida, de origen español, produce una escritura solemne, hierática, ritual. Escribir es para ella una ceremonia y para penetrar en sus textos conviene ritualizar también el acto de la lectura.

Marina Colasanti, italiano-etíope de nacimiento, se ha dedicado especialmente a dos campos, el del cuento breve y el de los cuentos de hadas. Cuando nadie frecuentaba el género, que se consideraba como un hecho histórico terminado, en los años setenta, ella se lanzó en esa aventura mágica. Traducidas a varios idiomas, sus historias trascienden el universo infanto-juvenil y abren todo un mundo nuevo a los adultos.

Ivan Angelo surgió en los años sesenta. Publicó poco, pero de modo consistente; su estilo es rápido, cruel, repleto de inventiva.

Roberto Drummond inauguró un tipo de escritura en Brasil, en los años setenta. Con la aparición de su premiado *La muerte de D.J. en París*, estableció los parámetros de lo que llamaba "literatura pop". Quería una literatura muy próxima a lo que vendría a ser el videoclip, donde los personajes de los diarios, como Kennedy, Marilyn Monroe o Robert Taylor, se mezclaban con el mundo cotidiano brasileño. En rigor son trabajos de *collage* y recorte crítico de la realidad. Lo que en la literatura se inscribe en la vertiente "carnavalizada".

Sergio Sant'Anna trabaja una línea que se aproxima mucho a la narración norteamericana de los últimos años. El ensayo, el periodismo y la ficción se mezclan dentro de un estilo objetivo, que aparentemente se aparta del tono literario, pero que en verdad se apropia y parafrasea textos y realidades textuales que pertenecen a la cultura de varios países.

Domingo Pellegrini, buen poeta también, realiza su carrera, de manera consistente, lejos de los grandes centros urbanos. Vive en el interior del Paraná, en Londrina, y construye su obra narrativa con una prosa tensa, moderna, ágil. En este sentido, y en relación al texto que publicamos –*La noche en que encontré a mi padre*–, sería interesante aproximarla a la de Luis Vilela, que también vive en el interior, en Ituiutaba, Minas Gerais, y que también tematiza la infancia. Ambos trabajan el universo infantil enfrentado con el adulto, pero de modo diverso. En el cuento de Pellegrini existe una densa carga dramática en la relación entre el padre y el hijo que se encuentran sorpresivamente en un barrio bohemio. Vilela, en *Mis ocho años*, retoma implícitamente un emblemático poema romántico de Casimiro de Abreu que exaltaba la pureza de la infancia, pero introduce en la memoria del niño los deseos y el temor al demonio.

Por otra parte, João Antonio trabaja sobre un escenario del suburbio carioca y paulista y recupera, con una fuerte dosis de revolución y lirismo, tipos populares perdidos en la bohemia.

Una antología como ésta no podría dejar de lado a dos autores de la dimensión de Guimarães Rosa y Machado de Assis. Rosa es un gran inventor de prosa moderna, un nombre que los brasileños pronuncian orgullosamente cuando quieren elegir entre los suyos a uno que pueda compararse con los más grandes de nuestro tiempo. Su texto es un estimulante desafío lingüístico y metafísico.

Y termino destacando a Machado de Assis. Un crítico norteamericano dijo que si en los Estados Unidos hubieran conocido a Machado a principios de siglo se habría alterado la trayectoria de la ficción norteamericana. Vean al respecto el relato *La quiromántica,* una densa narración, psicológicamente típica de la ficción del siglo diecinueve. Pero Machado está aquí, en realidad, como una señalización, un recuerdo, una marca necesaria, un punto de partida. En este sentido, lo que dije en el primer párrafo tiene que ser complementado: la modernidad, entre nosotros, comenzó en realidad con Machado.

Muchos otros autores deberían estar incluidos aquí. En tal caso, tendríamos que hacer una serie de antologías. Podría haber elegido, como mínimo, dos docenas de cuentistas de primera línea sólo en la modernidad brasileña. Pero vendrán otras antologías, espero, en Chile o en otros países. Esta fue fruto del empeño de Guilherme Leite Ribeiro, embajador de Brasil en Chile, quien no sólo pidió mi auxilio para la empresa, sino que me llevó a la Editorial Andrés Bello, donde pude notar el interés de Julio Serrano, Oscar Molina y María Teresa Herreros por colocar un poco de nuestra literatura al alcance del público de lengua española.

El arte de narrar sigue siendo la más antigua y seductora de las artes. Quien narra, está ayudando a que otros amplíen su vida. Quien lee, incorpora a la suya una constelación de vidas (im)posibles.

AFFONSO ROMANO DE SANT'ANNA

MACHADO DE ASSIS

JOAQUIM MARIA MACHADO DE ASSIS, quizás el nombre más importante de la literatura brasileña, nació el 24 de junio de 1839 y murió el 29 de septiembre de 1908. Hijo de un portugués y de una mulata, apenas cursó estudios primarios. Es un caso admirable de autodidacta. Fue poeta, ensayista, periodista, dramaturgo, pero sobre todo novelista. Fundó la Academia Brasileña de Letras. Sus obras más notables son *Quincas Borba, Don Casmurro* y *Memorias póstumas de Bras Cubas* (novelas) e *Historias sin fecha, Papeles diversos* y *Varias historias* (cuentos).

UNOS BRAZOS

Al escuchar los gritos del procurador, Ignacio se estremeció; recibió el plato que éste le presentaba y trató de comer, bajo una tempestad de apóstrofes: malvado, cabeza hueca, alocado, estúpido.

–¿Dónde andas que nunca oyes lo que te digo? Le contaré todo a tu padre, para que te sacuda la pereza del cuerpo con una buena vara de membrillo, o con un palo; sí, aún estás en edad de que te azoten, no creas que no. ¡Estúpido! ¡Alocado!

–Y afuera es lo mismo que usted ve aquí –continuó, volviéndose hacia doña Severina, señora que vivía con él maritalmente desde hacía algunos años. Me confunde todos los papeles, confunde las casas, va a una notaría en vez de otra, cambia los abogados: ¡es un tunante! Y tiene el sueño pesado y continuo. De mañana, ya se ha visto, hay que romperle los huesos para que despierte... Deje nomás; mañana usaré la escoba para despertarlo.

Doña Severina le tocó el pie, como pidiendo que terminara. Borges lanzó aún algunos improperios, y quedó en paz con Dios y con los hombres.

No digo que quedara en paz con los niños, porque nuestro Ignacio no era propiamente un niño. Tenía quince años cumplidos, y bien cumplidos. Cabeza inculta, pero bella, ojos de muchacho que sueña, que adivina, que indaga, que quiere saber y termina sin saber nada. Todo esto sobre un cuerpo no desprovisto de gracia, aunque mal vestido. Su padre era peluquero en Cidade-Nova, y lo puso de agente, escribiente, o lo que sea, donde el procurador Borges, con esperanzas de verlo en el foro, porque le parecía que los procuradores ganaban mucho. Ocurría esto en la calle de Lapa, en 1870.

Durante algunos minutos no se escuchó más que el tañir de los cubiertos y el ruido de la masticación. Borges se hartaba de lechuga y carne; se interrumpía para puntuar la frase con un golpe de vino y luego continuaba silencioso.

Ignacio iba comiendo lentamente, sin atreverse a levantar los ojos del plano, ni siquiera para ponerlos donde estaban cuando el terrible Borges lo había increpado. Verdad es que eso sería muy arriesgado ahora. Nunca ponía él los ojos en los brazos de doña Severina sin que se olvidase de sí mismo y de todo.

La culpa era también de doña Severina por traerlos así desnudos, constantemente. Usaba mangas cortas en todos los vestidos caseros, medio palmo más abajo del hombro; desde ahí sus brazos quedaban al descubierto. En verdad, eran bellos y carnosos, en armonía con su dueña, más bien gruesa que fina, y no perdían en color ni en suavidad por vivir expuestos al aire libre; pero es justo explicar que ella no los llevaba así por gusto, sino porque ya había gastado todos los vestidos de manga larga. De pie era muy vistosa; caminando, tenía movimientos gráciles; él, en tanto, casi solamente la divisaba en la mesa, donde, aparte de los brazos, mal le hubiera podido mirar el busto. No se puede decir que fuera bonita; pero tampoco fea. Ningún adorno; el mismo peinado era muy sencillo; alisaba sus cabellos, los reunía atrás, los ataba, y los fijaba en lo alto de la cabeza con un peine de tortuga que su madre le había dejado. En el pescuezo, un pañuelo oscuro; en las orejas, nada. Todo esto con veintisiete años floridos y sólidos.

Terminaron de comer. Borges, al llegar el café, sacó cuatro cigarros, los comparó, los apretó entre los dedos, y escogió uno guardando los restantes. Una vez que lo hubo encendido, puso los codos sobre la mesa y habló a doña Severina de treinta mil cosas que en nada interesaban a nuestro Ignacio; pero en el momento de hablar, no lo increpaba y él podía divagar a gusto.

Ignacio se demoró en el café lo más que pudo. Entre uno y otro sorbo, alisaba el mantel, se arrancaba con los dedos pedazos de piel imaginarios, o paseaba la mirada por los cuadros del comedor, que eran dos, un San Pedro y un San Juan, recuerdos traídos de las fiestas y enmarcados en casa. Pase que disimulara como San Juan, cuya cabeza juvenil alegra las imaginaciones católicas; pero hacerlo como el austero San Pedro... La única defensa del joven Ignacio era que ni a uno ni a otro veía; paseaba la vista por allí como por nada. Solamente veía los brazos de doña Severina –sea porque los mirase disimuladamente, o porque anduviese con ellos impresos en la memoria.

–Hombre, ¿no acabas nunca? –bramó de repente el procurador.

No había más remedio; Ignacio bebió la última gota, fría ya, y se retiró, como de costumbre, a su cuarto, en el fondo de la casa. Al entrar, hizo un gesto de rabia y desesperación y después fue a instalarse junto a una de las ventanas que daban al mar. Cinco minutos más tarde la visión de las aguas próximas y de las montañas lejanas le restituía el sentimiento confuso, vago, inquietante, que le dolía y hacía bien, algo que debe sentir la planta cuando brota la primera flor. Tenía deseos de irse y de permanecer. Hacía cinco semanas que habitaba allí, y la vida era siempre la misma: salir de mañana con Borges, andar por salas de audiencia y por notarías, corriendo, llevando papeles a que los sellaran, a los relatores, a los escribanos, a los oficiales de justicia. Regresaba tarde, comía y se recogía en su cuarto, hasta la hora de cenar; cenaba y se iba a dormir. Borges no le daba entrada en la familia, formada sólo por doña Severina, a quien Ignacio no divisaba más de tres veces al día durante las comidas. Cinco semanas de soledad, de trabajo sin gusto, lejos de la madre y de las hermanas; cinco semanas de silencio; porque sólo hablaba una que otra vez en la calle; nunca en casa.

"¡Espérense! –pensó un día–. Huyo de aquí y no vuelvo más."

No se fue; sintióse agarrado y esclavizado por los brazos de doña Severina. Nunca había visto otros tan bellos ni tan frescos. Su educación le impedía contemplarlos abiertamente; hasta parece que al comienzo desviaba los ojos, molesto. Los encaró poco a poco, al ver que no tenían otras mangas, y así los fue descubriendo, mirando y amando. Al cabo de tres semanas, ellos eran, moralmente hablando, sus tiendas de reposo. Soportaba todo el trabajo del foro, toda la melancolía de la soledad y del silencio, toda la grosería del patrón, por el único pago de ver, tres veces al día, el famoso par de brazos.

Aquel día, en cuanto hubo caído la noche y mientras Ignacio se estiraba en su hamaca (no tenía otro lecho), doña Severina, en la sala de enfrente, recapitulaba el episodio de la comida y, por primera vez, sospechó algo. Desechó la idea pronto: ¡un niño! Pero hay ideas que pertenecen a la familia de las moscas testarudas: por más que la gente las espante, vuelven a posarse.¿Niño? Tenía quince años; y ella advirtió que entre la nariz y la boca del muchacho había un primer esbozo de bigote. ¿Qué de extraño que comenzase a amar? ¿Y no era ella bonita? Esta última idea no fue desechada, fue, por el contrario, acariciada y besada. Y recordó entonces sus modos, sus olvidos, sus distracciones y un incidente, y otro, todos eran reveladores, y concluyó que sí.

–¿Qué le sucede? –preguntó el procurador, tendido en el sofá, tras algunos minutos de pausa.

–No me sucede nada.

–¿Nada? ¡Parece que aquí en casa anda todo durmiendo! Déjenme nomás, que conozco un buen remedio para quitarles el sueño a los dormilones...

Y continuó fusilando amenazas en el mismo tono de enojo, pero realmente incapaz de cumplirlas, porque era más bien grosero que malo. Doña Severina le replicaba que no, que eran ideas suyas, que no estaba durmiendo, que estaba pensando en la comadre Fortunata. No la visitaban desde Natal; ¿por qué no iban a verla una de aquellas noches? Borges respondía que estaba cansado, que trabajaba como negro, que no estaba para visitas de conversación; e increpó a la comadre, increpó al compadre, increpó al ahijado, que no iba al colegio, ¡diez años! El, Borges, a los diez años, ya sabía leer, escribir y contar, no muy bien, es cierto, pero sabía. ¡Diez años! Tendría un bonito fin: un grandote ocioso. ¡A chicotazos sí que aprendería!

Doña Severina lo apaciguaba con disculpas: la pobreza de la comadre, la mala estrella del compadre, y le hacía cariños, tímidamente, porque podían irritarlo más. La noche cayó del todo; ella escuchó el *tlic* de los faroles de gas de la calle, que acababan de encenderse y vio su claridad reflejada en las ventanas de la casa del frente. Borges, cansado del día, porque realmente era un trabajador de primer orden, fue cerrando los ojos y quedándose dormido, y la dejó en la oscuridad de la pieza, a solas consigo misma y con el descubrimiento que acababa de hacer.

Todo parecía decirle a la dama que era verdad; pero esa verdad, deshecha la impresión de asombro, le trajo una complicación moral que ella sólo conocía por los efectos, no hallando medio de discernir lo que era. No podía entenderse ni equilibrarse; llegó a pensar en decirlo todo al procurador, y que él despidiese al muchacho. Pero, ¿qué era todo? Aquí se detuvo: realmente, no había más que suposiciones, coincidencias y posiblemente ilusiones. No, no, ilusión no era. Y en seguida recordaba los indicios vagos, las actitudes del muchacho, su timidez, sus distracciones, para deshechar la idea de estar engañada. De ahí a poco (¡capciosa naturaleza!) reflexionando que no estaría bien acusarlo sin fundamento, admitió que aquello se postergase, con el único fin de observarlo mejor y de averiguar bien la realidad de las cosas.

Ya esa noche, doña Severina miraba por lo bajo los gestos de Ignacio; no llegó a descubrir nada, porque la hora del té era corta y el muchacho no quitó los ojos de la taza. Al día siguiente pudo observar mejor, y en los otros óptimamente. Percibió que sí, que era amada y temida, amor adolescente y virgen, reprimido por los lazos sociales y por un sentimiento de inferioridad que le impedía reconocerse a sí mismo. Doña Severina comprendió que no había que temer desacato alguno, y concluyó que lo mejor era no decir nada al procurador: le evitaban un disgusto, y otro al pobre niño. Ya se había persuadido bien de que era un niño, y resolvió tratarlo con la misma sequedad que hasta entonces, o aun más. Y así lo hizo; Ignacio comenzó a sentir que ella le desviaba la mirada, o que le hablaba con aspereza, casi tanta como el propio Borges. Es verdad que otras veces el tono de voz salía blando e incluso suave, muy suave, así como la mirada, generalmente esquiva, erraba tanto por otras partes, que, para descansar, venía a posarse en la cabeza de él; mas todo eso era poco.

–Me voy –repetía él en la calle, como en los primeros días.

Llegaba a casa y no se iba. Los brazos de doña Severina le cerraban un paréntesis en medio del largo y fastidioso período de vida que llevaba, y esa oración intercalada contenía una idea original y profunda, inventada por el cielo únicamente para él. Se dejaba estar y seguía la rutina. Al fin, sin embargo, tuvo que salir, y para siempre; he aquí cómo y por qué.

Desde algunos días, doña Severina lo trataba con benignidad. La rudeza de la voz parecía terminada, y había más que blandura, había desvelo y cariño. Un día le recomendaba que evitara las corrientes de aire, otro que no bebiese agua fría después del café caliente, consejos, advertencias, cuidados de amiga y de madre, que le lanzaron al alma una confusión y una inquietud aun mayores.

Ignacio tomó tanta confianza que un día en la mesa se rió, cosa que jamás había hecho; y el procurador no lo trató mal esta vez, porque era él quien contaba un suceso divertido y nadie castiga a otro por el aplauso que recibe. Fue entonces que doña Severina vio que la boca del muchacho, agraciada estando callado, no lo era menos cuando reía.

La agitación de Ignacio iba en aumento, sin que pudiera calmarse ni comprenderse. No estaba bien en ninguna parte. Despertaba en las noches pensando en doña Severina. En la calle, confundía las esquinas, equivocaba las puertas, mucho más que antes, y no veía mujer, de lejos o de cerca, que no la trajese a su memoria. Al entrar al corredor de la casa, de vuelta del trabajo, sentía siempre algún alborozo, a veces grande, cuando daba con ella en lo alto de la escalera, mirando a través de las rejas de palo del canal, como si hubiera acudido a ver quien era.

Un domingo –nunca olvidó ese domingo– estaba solo en el cuarto, en la ventana, vuelto hacia el mar, que le hablaba el mismo lenguaje oscuro y nuevo de doña Severina. Se divertía mirando las gaviotas, que describían grandes círculos en el aire, o planeaban sobre el agua, o solamente revoloteaban. El día estaba lindísimo. No era solamente un domingo cristiano; era un inmenso domingo universal.

Ignacio los pasaba todos allí, en el cuarto o junto a la ventana, o releyendo uno de los tres folletos que había traído consigo, cuentos de otros tiempos, comprados a centavo, bajo el pasadizo de la plazuela de Paço. Eran las dos de la tarde. Estaba cansado; después de caminar mucho en la víspera, había dormido mal; se estiró en la hamaca, cogió uno de los folletos, la "Princesa Magalona", y comenzó a leer. Nunca pudo entender por qué todas las heroínas de aquellas viejas historias tenían la misma cara y el talle de doña Severina, mas la verdad es que los tenían. Al cabo de media hora, dejó caer el folleto y puso los ojos en la pared, de donde vio salir, cinco minutos más tarde, a la dama de sus cuidados. Lo natural era que se asustara; pero no se asustó. Aunque tenía los párpados cerrados, la vio desprenderse del todo, sonreír y caminar hacia la hamaca. Era ella misma; eran sus mismos brazos.

Lo cierto, sin embargo, era que doña Severina no podía salir de la pared, aunque hubiese allí puerta o abertura, porque estaba justamente en la sala de enfrente escuchando los pasos del procurador que descendía la escalera. Lo escuchó bajar, fue a la ventana a verlo salir y sólo se retiró cuando él se perdió a lo lejos, en dirección a la calle de

Mangueiras. Entonces entró y fue a sentarse al sofá. Parecía fuera de sí, inquieta, casi trastornada; levantándose, fue a tomar la jarra que estaba encima del aparador y la dejó en el mismo sitio; después caminó hasta la puerta, se detuvo y volvió, al parecer, sin plan determinado. Sentóse otra vez, cinco o diez minutos. De repente, recordó que Ignacio había comido poco al almuerzo y tenía aspecto abatido, y advirtió que podía estar enfermo; incluso era posible que estuviera muy mal.

Salió de la sala, atravesó impávidamente el corredor y fue hasta el cuarto del muchacho, cuya puerta encontró abierta. Doña Severina se detuvo, observó, y dio con él en la hamaca, durmiendo, con el brazo afuera y el folleto en el suelo. La cabeza se inclinaba un poco hacia el lado de la puerta, dejando ver los ojos cerrados, los cabellos revueltos y un gran aire de risa y de beatitud.

Doña Severina sintió que el corazón le palpitaba con vehemencia y retrocedió. De noche había soñado con él; podía ser que él estuviese soñando con ella. Desde la madrugada que la figura del muchacho le andaba delante de los ojos como una tentación diabólica. Retrocedió, después volvió, lo contempló dos, tres, cinco minutos, o más. Parece que el sueño daba a la adolescencia de Ignacio una expresión más acentuada, casi femenina, casi infantil. "¡Un niño!", se dijo, en aquella lengua sin palabras que todos traemos con nosotros. Y esta idea le alivió el alboroto de la sangre y le disipó en parte la turbación de los sentidos.

–¡Un niño!

Y lo miró lentamente, se hartó de verlo, con la cabeza inclinada, el brazo caído; mas, junto con hallar que era un niño encontrábalo bonito, mucho más bonito que cuando estaba despierto, y cada una de esas ideas corregía y corrompía a la otra. De pronto se estremeció y retrocedió asustada: había escuchado un ruido cerca, en la sala de planchar; fue a ver: era un gato que había botado una tijera al suelo. Regresó despacio a observarlo, vio que dormía profundamente. ¡El niño era pesado de sueño! El rumor que la asustó tanto ni siquiera lo había hecho cambiar de posición. Y ella continuó mirándolo dormir, dormir y tal vez soñar.

¡Porqué no podemos ver los sueños de los otros! Doña Severina se hubiera visto a sí misma en la imaginación del muchacho; se hubiera visto delante de la hamaca, risueña y parada; después, inclinándose, cogiéndole las manos, llevándoselas al pecho, cruzando allí los brazos, los famosos brazos. Ignacio, enamorado de ellos, escuchaba también las palabras de ella, que eran lindas, cálidas, sobre todo nuevas –o, por lo menos, pertenecientes a un idioma que él no conocía, por más que lo entendiese. Dos, tres y cuatro veces la figura se desvanecía, para volver luego viniendo del mar o de otra parte, entre gaviotas, o atravesando el corredor, con toda la gracia robusta de que era capaz. Y volviendo, se inclinaba, le tomaba otra vez las manos y cruzaba los brazos ante el pecho: hasta que inclinándose, aún más, mucho más, plegó los labios y depositó un beso en su boca.

Aquí el sueño coincidió con la realidad, y las mismas bocas se unieron en la imaginación y fuera de ella. La diferencia está en que la visión no retrocedió mientras que la persona real, apenas realizado el gesto, huyó hasta la puerta, avergonzada y medrosa. De allí pasó a la sala del frente, aturdida por lo que había hecho, sin fijar la vista en nada. Afinaba el oído, iba hasta el final del corredor, a ver si escuchaba algún rumor que le indicase que él despertaba, y sólo después de mucho rato el miedo fue pasando. En verdad, la criatura tenía el sueño pesado; nada le abría los ojos, ni los ruidos contiguos, ni los besos de verdad. Mas, si el miedo fue pasando, la molestia quedó y creció. Doña Severina no terminaba de creer que hubiera hecho aquello; parece que la idea de que era un niño enamorado el que estaba ahí, sin conciencia ni responsabilidad, le produjo un embrollo en sus deseos; y, medio madre, medio amiga, se inclinó y lo besó.

Fuese como fuese, estaba confusa, irritada, fastidiada, mal consigo misma y mal con él. El miedo de que él pudiera estar fingiendo que dormía le asomó en el alma y le dio un escalofrío.

Pero la verdad es que durmió mucho tiempo más, y que sólo despertó para comer. Sentóse a la mesa de buen ánimo. Aun cuando hallase a doña Severina callada y severa y al procurador tan rígido como en los otros días, ni la rigidez de uno ni la severidad de la otra podían disiparle la visión llena de gracia que aún conservaba, o atenuarle la sensación del beso. No reparó en que doña Severina tenía un chal que le cubría los brazos; reparó después, el lunes y el martes, también, y todavía el sábado, que fue el día en que Borges mandó decir al padre que no podía quedarse con él; y no lo hizo enojado, porque lo trató relativamente bien y hasta le dijo a la salida:

–Cuando necesites de mí para alguna cosa, llámame.

–Sí, señor. La señora doña Severina...

–Está allá por el dormitorio, con mucho dolor de cabeza. Ven mañana o después a despedirte de ella.

Ignacio salió sin comprender nada. No entendía la despedida, ni el cambio completo de doña Severina en relación a él, ni el chal, ni nada. ¡Ella estaba tan bien! ¡Le hablaba con tanta amistad! Cómo es que, de repente... Tanto pensó que terminó suponiendo alguna mirada indiscreta de su parte, alguna distracción que la ofendiera; era eso; y de ahí la cara ceñuda y el chal que cubría los brazos tan bonitos... No importa; se llevaba consigo el sabor del sueño. A través de los años, en medio de otros amores, más efectivos y prolongados, no halló ninguna sensación igual a la de aquel domingo, en la calle de Lapa, cuando tenía quince años. El mismo exclama, a veces, sin saber que se engaña:

–¡Y fue un sueño! ¡Un simple sueño!

(Traducción de JORGE EDWARDS)

LA QUIROMANTICA

Hamlet señala a Horacio que hay más cosas en el cielo y en la tierra de lo que imagina nuestra filosofía. Era exactamente lo mismo lo que decía la bella Rita al joven Camilo, en un viernes de noviembre de 1869, cuando éste se reía de ella por haber ido en la víspera a consultar una quiromántica; la diferencia es que lo hacía ver con otras palabras.

–Ríete, ríete. Los hombres son así: no creen en nada. Pues sabe que fui, y que ella adivinó el motivo de la consulta antes que yo lo dijera. Apenas empezó a echar las barajas, me dijo: "Usted quiere a una persona..." Confesé que sí, y ella entonces siguió echando los naipes, los combinó, y al final me declaró que yo tenía miedo de que tú me olvidases, pero no era cierto...

–Se equivocó –interrumpió Camilo, riéndose.

–No digas eso, Camilo. Si tú supieras cómo yo me he sentido por causa tuya. Tú sabes, ya te lo he dicho. No te rías de mí, no te rías...

Camilo le tomó las manos y la miró fijamente, serio. Juró que la quería mucho, que sus preocupaciones parecían de niño chico; en todo caso, cuando tuviese algún recelo, el mejor quiromántico era él mismo. Después la regañó; le dijo que era imprudente andar por esas casas. Vilela podía saberlo, y después...

–¡Qué va a saber! Tuve mucha prudencia al entrar en la casa.

–¿Dónde está la casa?

–Aquí cerquita, en la calle de la Vieja Guardia; no había nadie en esa ocasión. Tranquilízate, no soy loca.

Camilo rió otra vez:

–¿Crees tú de veras en esas cosas? –le preguntó.

Fue entonces que ella, sin saber que traducía a Hamlet en vulgar, le dijo que había mucha cosa misteriosa y verdadera en este mundo. Si él no creía, paciencia; pero lo cierto es que la quiromántica había adivinado todo. ¿Y qué más? La prueba es que ella estaba ahora tranquila y satisfecha.

Creo que él iba a hablar, pero se reprimió. No quería destruirle las ilusiones. También él, de niño y aun después, fue supersticioso, tuvo un arsenal completo de supersticiones que la madre le inculcó y que a los veinte años desaparecieron. En el día en que dejó caer toda esa vegetación parasitaria, y quedó sólo el tronco de la religión, él, como si hubiese recibido de la madre ambas enseñanzas, las envolvió en la misma duda, y luego después en una única negación total. No podría decirlo, no poseía un solo argumento; se limitaba a negar todo. Y digo mal, porque negar es de cierto modo afirmar, y él no formulaba la incredulidad; frente al misterio, se contentó con empinarse de hombros, y siguió caminando.

Se separaron contentos, él más que ella. Rita estaba segura de ser amada; Camilo no sólo lo estaba, sino que la veía temblar y arriesgarse por él, recurrir a las quirománticas, y, por más que la retase, no podía dejar de sentirse lisonjeado. La casa de la cita estaba en la antigua calle de los Barbonos, donde vivía una comprovinciana de Rita. Esta bajó por la calle de los Naranjos, en la dirección de Botafogo, donde residía; Camilo bajó por la Vieja Guardia, mirando de paso la casa de la quiromántica.

Vilela, Camilo y Rita, tres nombres, una aventura y ninguna explicación de los orígenes. Vamos a buscarlos. Los dos primeros eran amigos de infancia. Vilela siguió la carrera de magistrado. Camilo ingresó en el funcionarismo contrariando la voluntad del padre que quería verlo médico; pero el padre había muerto y Camilo prefirió no ser nada hasta que la madre logró conseguirle un empleo público. A principios de 1869 Vilela volvió de la provincia, donde se casó con una dama hermosa y tonta; abandonó la magistratura y vino a abrir una oficina de abogado. Camilo le consiguió una casa por el barrio de Botafogo y fue a bordo a recibirlo.

–¿Es usted? –exclamó Rita, extendiéndole la mano–. No se imagina qué amigo suyo es mi marido; siempre habla de usted.

Camilo y Vilela miráronse con ternura. Eran amigos de veras. Después Camilo confesó para sí que la mujer de Vilela no desmentía las cartas del marido. Realmente era graciosa y viva en los gestos, ojos cálidos, boca fina e interrogativa. Era un poco más vieja que ambos: tenía sus treinta años, Vilela veintinueve y Camilo veintiséis. No obstante, la gravedad de Vilela lo hacía aparecer más viejo que la mujer, mientras Camilo era un ingenuo en la vida moral y práctica. Le faltaba tanto la acción del tiempo como los anteojos de cristal que la naturaleza pone en la cuna de algunos para adelantarle los años. Ni experiencia, ni intuición.

Se unieron los tres. Convivencia trajo intimidad. Poco después murió la madre de Camilo, y en ese desastre, que lo fue, los dos se mostraron grandes amigos de él. Vilela trató del entierro, de los sufragios y del inventario; Rita trató especialmente del corazón, y nadie lo haría mejor.

Cómo de ahí llegaron al amor, no lo supo nunca. La verdad era que le gustaba pasar horas al lado de ella; era su enfermera moral, casi una hermana, mas era, principalmente, mujer y bonita. *Odor di femina:* he ahí lo que él aspiraba en ella, y giraba a su rededor envuelta para incorporarlo en sí mismo. Leían los mismos libros, iban juntos a teatros y a paseos. Camilo le enseñó a jugar a las damas y al ajedrez, y jugaban por las noches; ella, mal; él, para serle agradable, poco menos mal. Hasta ahí las cosas. Ahora la acción de la persona, los ojos insistentes de Rita que buscaban los de él muchas veces, que los consultaba antes de hacerlo al marido, las manos frías, las actitudes insólitas. Un día, el de su cumpleaños, recibió de Vilela un rico bastón de regalo, y de Rita nada más que una tarjeta con un vulgar saludo escrito a lápiz, y fue entonces que él pudo leer en el propio corazón; pero no consiguió sacar los ojos de la tarjeta. Palabras vulgares; pero hay vulgaridades sublimes o por lo menos deleitosas. La vieja victoria de plaza, en que por primera vez paseasteis con la mujer amada, apretados, vale por el carro de Apolo. Así es el hombre, así son las cosas que lo rodean.

Camilo quiso sinceramente fugarse, pero ya no pudo. Rita, como una serpiente, se fue acercando a él; lo envolvió todo, le hizo estallar los huesos en un espasmo, y goteóle el veneno en la boca. El quedó atolondrado y subyugado. Vergüenza, sustos, remordimientos, deseos, todo lo sintió mezclado; pero la batalla fue corta y la victoria delirante. ¡Adiós escrúpulos! No tardó el zapato en ajustarse al pie, y por ahí fueron ambos, por la carretera afuera, del brazo, pisando holgadamente hierba y pedruscos, sin padecer más que alguna nostalgia cuando estaban lejos uno del otro. La confianza y la estima de Vilela seguían siendo las mismas.

Un día, sin embargo, recibió Camilo una carta anónima que lo tachaba de inmoral y pérfido, y decía que la aventura era conocida de todos. Camilo tuvo miedo, y para desviar las sospechas, empezó a aparecer menos veces en casa de Vilela. Este notó la ausencia. Candor generó astucia. Las ausencias se prolongaron y las visitas cesaron del todo. Puede ser que hubiera en eso un poco de amor propio; una intención de disminuir las gentilezas del marido, para hacer menos dura la alevosía del acto.

Fue por ese tiempo que Rita corrió, desconfiada y miedosa, a la quiromántica para consultarle sobre la verdadera causa del procedimiento de Camilo. Vimos que la pitonisa restituyóle la confianza, y que el muchacho la reprendió por haberlo hecho. Pasaron aún algunas semanas. Camilo recibió dos o tres cartas anónimas más, tan apasionadas que no podían ser advertencias de la virtud, eran más bien índice del despecho de algún pretendiente; tal fue la opinión de Rita, que, por otras palabras mal compuestas, formuló este pensamiento: "La virtud es perezosa y avara, no gasta tiempo ni papel; sólo el interés es activo y pródigo".

Pero no por eso Camilo se quedó más calmado; temía

que el anónimo buscara a Vilela, y la catástrofe vendría entonces sin remedio. Rita concordó que era posible.

–Bien, –dijo ella– yo llevo los sobres para comparar la letra con la de las cartas que por allá aparecieren; si alguna fuera igual, la guardo y la rompo...

Ninguna apareció; pero de ahí a algún tiempo, Vilela empezó a mostrarse sombrío, hablando poco, como desconfiado. Rita se apresuró en decirlo al otro, y sobre eso deliberaron. La opinión de ella fue que Camilo debería volver a la casa de ellos, a sondear al marido, y puede ser hasta que le escuchase la confidencia de algún negocio particular. Camilo divergía; aparecer después de tantos meses sería confirmar la sospecha o la denuncia. Más valía ser prudentes, sacrificándose por algunas semanas. Combinaron los medios de correspondencia en caso de necesidad, y separáronse con lágrimas.

Al día siguiente, estando en la oficina, recibió Camilo el siguiente billete de Vilela: "Ven inmediatamente a nuestra casa; necesito hablarte sin demora". Era más de mediodía. Camilo salió inmediatamente; en la calle advirtió que habría sido más natural llamarlo a la oficina; ¿por qué en casa? Todo indicaba materia especial, y la letra, fuera realidad o ilusión, se le figuró temblorosa. El combinó todas esas cosas con la noticia de la víspera.

"Ven inmediatamente a nuestra casa; necesito hablarte sin demora", repetía él con los ojos en el papel.

Imaginariamente vio el despuntar de un drama: Rita subyugada y lagrimosa. Vilela indignado, tomando la pluma para escribir la tarjeta, seguro de que él iría, y esperándolo para matarlo. Camilo estremecióse, tenía miedo; después esbozó una sonrisa amarilla; en todo caso le repugnaba la idea de volver atrás, y fue caminando. Por el camino se le ocurrió ir a casa; podría encontrar algún encargo de Rita que le explicase todo. No encontró nada ni a nadie. Volvió a la calle, y la idea de haber sido descubiertos le parecía cada vez más verosímil; era natural una denuncia anónima de la misma persona que lo amenazara antes; podía ser que Vilela conociese ahora todo. La misma suspensión de sus visitas, sin motivo aparente, apenas con un pretexto vano, vendría a confirmar el resto.

Camilo iba caminando inquieto y nervioso. No releía la tarjeta pero las palabras estaban en la memoria, frente a los ojos, fijas; fue entonces –lo que todavía era peor– que le fueron murmuradas al oído, con la voz de Vilela: "Ven inmediatamente a nuestra casa; necesito hablarte sin demora". Dichas así por la voz del otro, tenían un tono de misterio y amenaza. "Ven inmediatamente", ¿para qué? Era cerca de la una de la tarde. La emoción crecía minuto a minuto. Tanto imaginó lo que iría a pasar, que llegó a creerlo y a verlo. Positivamente tenía miedo. Se puso a pensar en ir armado, considerando que si nada hubiera, nada perdería y sería una buena precaución. Luego después alejaba la idea, avergonzado de sí mismo, y seguía apurando el paso en dirección de la plaza Carioca, para entrar en una calle. Llegó, subió y mandó seguir a prisa.

"Cuanto antes mejor –pensó él–. No puedo seguir así"...

Hasta el mismo trote del caballo le vino a agravar la conmoción. El tiempo volaba y él no tardaría en enfrentarse con un peligro. Casi al final de la calle de la Vieja Guardia la calesa tuvo que detenerse; el tránsito estaba impedido por una carroza que había caído. Camilo recibió de buen grado el obstáculo y esperó. A los cinco minutos se dio cuenta de que a la izquierda, al lado de la calesa, quedaba la casa de la quiromántica a quien Rita consultó una vez, y él nunca deseó tanto creer en lo que decían las cartas. Miró, vio las ventanas cerradas cuando todas las otras estaban abiertas, ocupadas por curiosos de ver el incidente de la calle. Se diría la morada del indiferente Destino.

Camilo se reclinó en la calesa para no ver nada. La agitación de él era grande, extraordinaria, y del fondo de su alma surgían algunos fantasmas de otro tiempo, las viejas creencias, las supersticiones antiguas. El cochero le propuso volver por la primera cuadra e ir por otro camino, y él respondió que no, que esperase. Y se inclinaba para mirar la casa... Después hizo un gesto de incredulidad: era la idea de ir a escuchar a la quiromántica que le pasaba a lo lejos, muy a lo lejos con grandes alas grises; desapareció, reapareció y volvió a desaparecer en el cerebro; pero de ahí a poco movió otra vez las alas más cerca haciendo unos giros concéntricos... En las calles gritaban los hombres libertando la carroza:

–¡Anda ahora! ¡Empuje, vamos! ¡Vamos!

De ahí a poco estaría removido el obstáculo. Camilo cerraba los ojos, pensaba en otras cosas; pero la voz del marido le murmuraba a los oídos las palabras de la misiva: "Ven inmediatamente..." Y él veía las contorsiones del drama y temblaba. La casa miraba hacia él. Las piernas querían bajar y entrar... Camilo se vio frente a un largo velo opaco... Pensó rápidamente en lo inexplicable de muchas cosas. La voz de la madre le repetía una serie de casos extraordinarios, y la misma frase del Príncipe de Dinamarca le revoloteaba por dentro: "Hay más cosas en el cielo y en la tierra de lo que se imagina nuestra filosofía..." ¿Qué perdería él si...?

Se encontró en la acera al pie de la puerta; dijo al cochero que esperase, y rápidamente entró por el corredor y subió la escalera. La luz era escasa, los escalones gastados, el pasamanos pegajoso; él no vio ni sintió nada. Subió y golpeó. No apareciendo nadie tuvo la idea de volverse; pero era tarde. La curiosidad le incitaba la sangre, las sienes latíanle; él volvió a golpear una, dos y tres veces. Vino una mujer: era la quiromántica. Camilo dijo que iba a consultarla; ella lo hizo entrar. De allí subieron a la buhardilla por una escalera todavía peor que la primera y más oscura. Arriba había una salita mal iluminada por una ventana que daba hacia los tejados del fondo. Viejos trastos, paredes sombrías, un aire de pobreza que más bien aumentaba que disminuía el prestigio.

La quiromántica lo hizo sentarse frente a la mesa y se sentó frente a él, dando espaldas a la ventana, de modo que la poca luz de afuera daba de pleno en el rostro de Camilo. Abrió el cajón y sacó una baraja vieja y sucia. Mientras la alzaba rápidamente, miraba hacia él de soslayo. Era una mujer de cuarenta años, italiana, morena y flaca, con grandes ojos de arpía. Echó tres cartas sobre la mesa y dijo:

–Veamos primero qué es lo que lo trae acá. Usted está muy asustado...

Camilo, maravillado, hizo un gesto afirmativo.

–Desea saber –siguió ella– si le acontecerá algo o no...

–A mí y a ella –explicó vivamente Camilo.

La quiromántica no sonrió; sólo le dijo que esperase. Con un gesto rápido juntó nuevamente los naipes y los barajó con sus largos y finos dedos de uñas descuidadas; los barajó bien; alzó una, dos, tres veces; después los extendió. Camilo la miraba curiosa, ansiosamente.

–Las cartas me dicen...

Camilo se inclinó para beber una a una sus palabras. Ella entonces le dijo que no temiese nada. Nada pasaría ni a uno ni a otro; él, el tercero, ignoraba todo. No obstante, era indispensable mucha prudencia; hervían envidias y despechos. Le habló del amor que lo obligaba, de la belleza de Rita... Camilo estaba deslumbrado. La quiromántica terminó, recogió las cartas y las metió en el cajón.

–Usted me restituyó la paz al espíritu –le dijo, extendiéndole la mano sobre la mesa y apretando la de la quiromántica.

Ella se levantó riéndose.

–Vaya –dijo ella–, vaya, *ragazzo innamorato*...

De pie, con el índice, le tocó la frente. Camilo estremecióse, como si fuera la mano de la propia Sibila, y levantóse también. La quiromántica fue al aparador sobre el cual había un plato con pasas, sacó de allí un racimo y empezó a comerlas una a una, mostrando dos hileras de dientes que desmentían las uñas. Aun en esta acción vulgar, la mujer tenía un aire especial. Camilo, ansioso por salir, no sabía cuánto pagar, ignoraba el precio.

–Las pasas cuestan dinero –dijo él finalmente, sacando la cartera–. ¿Cuántas quiere mandar a buscar?

–Pregunte a su corazón, le respondió ella.

Camilo sacó un billete de cien pesos y se lo pasó. Los ojos de la quiromántica brillaron. El precio usual era diez pesos.

–Veo bien que usted está enamorado de ella... Y hace bien; a ella le gusta mucho usted. Váyase, váyase tranquilo. Mire la escalera, es oscura; póngase el sombrero...

La quiromántica había ya guardado el billete en el bolsillo, y bajaba con él, hablando con un leve acento. Camilo se despidió de ella en voz baja, y descendió la escalera que daba a la calle. En cuanto a la quiromántica, feliz con el pago, volvióse arriba canturreando una barcarola. Camilo encontró la calesa esperándolo; la calle estaba desierta. Entró al coche y siguió a trote largo.

Todo le parecía ahora mejor, las otras cosas tenían otro aspecto, el cielo estaba límpido y las caras eran joviales. Llegó a reírse de sus recelos, tildándolos de puerilidades; recordó los términos de la carta de Vilela y reconoció que eran íntimos y familiares. ¿En qué consistía entonces la amenaza? Advirtió también que eran urgentes y que haría mal en demorarse tanto; podía ser algún negocio serio y grave.

–Vamos, vamos de prisa –le repetía al cochero.

Y consigo, para explicar la demora al amigo, ingenió algo. Parece que formó un plan para aprovechar el incidente y volver a la antigua querencia... Revueltas con el plan, rebullíanle en el alma las palabras de la quiromántica. En verdad, ella adivinó el objeto de la consulta, el estado suyo, la existencia de un tercero; ¿por qué no adivinar el resto?

El presente que se ignora vale el futuro. Era así que, lentas pero continuas, las viejas creencias del muchacho iban tomando cuerpo, y el misterio incitábalo con uñas de fierro. A veces quería reír, y se reía de sí mismo, algo avergonzado; pero la mujer, las cartas, la palabra dura y afirmativa, la exhortación: "Vaya, vaya, *ragazzo innamorato*"; y, por fin, a lo lejos la barcarola de despedida lenta y graciosa. Tales eran los elementos recientes que formaban, con los antiguos, una fe nueva y vivaz.

La verdad es que el corazón estaba alegre e impaciente, pensando en las horas felices de antaño y en las que habían de venir. Al pasar por la Gloria, Camilo miró hacia el mar, alargó los ojos hasta donde el agua y el cielo se dan un infinito abrazo, y tuvo, así, una sensación del futuro largo, largo, interminable.

Poco después llegó a casa de Vilela. Bajóse del carruaje, empujó la puerta de fierro del jardín y entró. La casa estaba silenciosa. Subió las seis gradas de piedra y, no bien había golpeado, cuando se abrió la puerta y apareció Vilela.

–Discúlpame, no pude venir antes. ¿Qué hay?

Vilela no le respondió; tenía el rostro descompuesto; hízole una señal y entraron a una salita interior. Al entrar, Camilo no pudo contener un grito de terror: al fondo, sobre un canapé, estaba Rita muerta y ensangrentada: Vilela lo tomó de las solapas, y, de dos balazos, lo hizo rodar muerto por el suelo.

JOAO GUIMARAES ROSA

JOAO GUIMARAES ROSA, el otro gran maestro de la ficción brasileña, nació en Minas Gerais en 1908. Fue médico y diplomático. Entre sus obras más conocidas están: *Saragana* (cuentos, 1946). *Corpo de baile* (cuentos, 1956) y *Grande Sertao: Veredas* (novela, 1956). Sus libros han sido traducidos a todas las lenguas modernas y han influido la literatura en multitud de idiomas.

LOS HERMANOS DAGOBE

(Cuento de Primeiras Estórias)

Enorme desgracia. Estábase en el velatorio de Damastor Dagobé, el más viejo de los cuatro hermanos, absolutamente facinerosos. La casa no era pequeña, pero mal cabían en ella los que iban a hacer guardia. Todos preferían permanecer cerca del difunto, todos temían, más o menos, a los tres vivos.

Demonios, los Dagobés, gente que no gustaba. Vivían en estrecha desunión, sin mujer en el lar, sin más pariente, bajo la jefatura despótica del recién finado. Este había sido el gran peor, el cabeza, fierabrás y maestro, que metió en la obligación de la mala fama a los jóvenes –"los nenes", según su rudo decir.

Ahora, sin embargo, durante que muerto, en no-tales condiciones, dejaba de ofrecer peligro, poseyendo –en lo encendido de las velas, en el entre algunas flores– sólo aquella mueca sin querer, la mandíbula de piraña y la nariz muy torcida y su inventario de maldades. Debajo de las vistas de los tres de luto, se le debía, a pesar de todo, mostrar todavía acatamiento, convenía.

Se servían, de vez en cuando, café, aguardiente quemado, palomitas de maíz, así a–la–costumbre. Sonaba un voceo sencillo, bajo, de los grupos de personas, por los oscuros o en el foco de las lamparitas y lamparones. Allá afuera, la noche cerrada; había llovido un poco. Raramente, uno hablaba más fuerte y súbito se moderaba, y compungíase, despertando de su descuido. En fin, igual a lo igual la ceremonia, al estilo de allá. Pero todo tenía un aire de espantoso.

He aquí que he: un mequetrefe pacífico y honesto, llamado Liojorge, estimado por todos, fue quien había enviado a Damastor Dagobé al destierro de los muertos. El Dagobé, sin sabida razón, le había amenazado con cortarle las orejas. Entonces, cuando le vio, avanzó hacia él, con puñal y punta; pero el tranquilo del muchacho, que administraba un pistolón, le pegó un tiro entre los dos pechos, por cima del corazón. Hasta entonces vivió Téllez.

Después de lo que mucho sucedió, sin embargo, se espantaban de que los hermanos no hubiesen realizado la venganza. En lugar, se apresuraron a organizar velatorio y entierro. Y era bien extraño.

Tanto más que aquel pobre Liojorge permanecía aún en la aldea, solitario en casa, resignado ya a lo pésimo, sin ánimo de ningún movimiento.

¿Podía entenderse aquello? Ellos, los Dagobés sobrevivos, hacían los debidos honores, serenos y hasta sin jaleo, pero con alguna alegría. Derval, el benjamín, principalmente, se movía social, tan diligente, con los que llegaban o estaban: *"–Perdone las molestias..."* Doricón, el más viejo ahora, se mostraba ya solemne sucesor de Damastor, corpulento como él, entre leonino y mular, el mismo maxilar avanzado y los ojirris venenosos; miraba hacia lo alto, con especial compostura, pronunciaba: *"–¡Dios lo tenga en su gloria!"* Y el de en medio, Dismundo, hermoso hombre, ponía una devoción sentimental, sostenida, en mirar al cuerpo en la mesa: *"–Mi buen hermano..."*

En efecto, el finado, tan sórdidamente avaro, o más, cuanto mandón y cruel, se sabía que había dejado buena cuantía de dinero, en billetes, en el banco.

Si así, qué tales: a nadie engañaban. Sabían el hasta qué punto, lo que todavía no estaban haciendo. Aquello iba a ser cuando los tigres. Más después. Sólo querían ir por partes, nada de apresurados, tal su no rapidez. Sangre por sangre; pero por una noche, unas horas, mientras honraban al fallecido, podían suspenderse las armas, en el falso fiar. Después del cementerio, sí, agarraban al Liojorge, con él terminaban.

Siendo lo que se comentaba, en los rincones, sin ocio de lengua y labios, en un susurruido, de las tantas perturbaciones. Por lo que, aquellos Dagobés; brutos sólo de indicios, pero matreros también, de los que guardan la lumbre en el puchero, y los jefes de todo, no iban a dejar una paga en paz: se veía que ya tenían sus intenciones. Por eso mismo era por lo que no conseguían disimular el cierto experto contento, casi riéndose. Saboreaban ya el sangrar. Siempre, a cada podido momento, sutilmente tornaban a juntarse, en un vano de ventana, en el menudo confabuleo. Bebían. Nunca uno de los tres se distanciaba de los otros: ¿lo que era que se acautelaban? Y a ellos se llegaba, vez tras vez, algún compareciente, más compadre, más confioso, traía noticias, secreteaba.

¡Lo asombrable! Ibanse y veníanse, en el escampar de la noche, y: lo que trataban en el proponer, era sólo respecto al rapaz Liojorge, criminal de legítima defensa, por mano de quien el Dagobé Damastor hizo desde aquí el viaje. Se sabía ya de qué, entre los velantes, siempre alguien, poco y a poco, pasaba palabras. El Liojorge, solo en su morada, sin compañeros, ¿se enlocaba? Por cierto, no tenía la expedición de aprovecharse para escapar, lo que de nada serviría: fuese adonde fuese, pronto le agarraban los tres. Inútil resistir, inútil huir, inútil todo. Debía de estar en el agacharse, verse en las moradas: por allá, mea-dado de miedo, sin medio, sin valor, sin armas. ¡Ya era alma para sufragios! Y, no es que, no sin embargo...

Sólo una primera idea. Con que, alguien que de allá viniendo volviendo, a los dueños del muerto iba a proporcionar información, la substancia de este recado. Que el rapaz Liojorge, osado labrador, afianzaba que no había querido matar a hermano de ciudadano cristiano ninguno, sólo apretó el gatillo en el postrer instante, por deber de librarse, por destinos de desastre. Que había matado con respeto. Y que, por valor de prueba, estaba dispuesto a presentarse, desarmado, allí delante de, a dar fe de venir, personalmente, para declarar su fuerte falta de culpa, caso de que mostrasen lealtad.

El pálido pasmo. ¿Si caso que ya se vio? De miedo, aquel Liojorge se había enlocado y estaba sentenciado. ¿Tendría el medio valor? Que viniese: saltar de la sartén a las brasas. Y en suceso hasta de escalofríos –lo tanto cuanto se sabía– que, presente el matador, torna a brotar sangre del matado. Tiempos, estos. Y era que, en el lugar, allí no había autoridad.

La gente espiaba a los Dagobés, aquellos tres pestañeares. Sólo: *"–¡Güeno'sta!"* –decía el Dismundo. El Derval: *"–¡Haiga paz!"*, hospedoso, la casa honraba. Severo, en sí, enorme el Doricón. Sólo hizo no decir. Subió en seriedad. De recelo, los circunstantes tomaban más aguardiente quemado. Había caído otra lluvia. El plazo de un velatorio, a veces, es muy dilatado.

Mal había acabado de oír. Se suspendió el indaguear. Otros embajadores llegaban. ¿Querrían conciliar las paces, o poner urgencia en la maldad? ¡La extravagante proposición! La cual era: que el Liojorge se ofrecía a ayudar a cargar el ataúd. ¿Habían oído bien? Un loco –y las tres fieras locas, lo que ya había ¿no bastaba?

Lo que nadie creía: tomó la orden de palabra el Doricón, con un gesto destemplado. Habló indiferentemente, se le dilataban los fríos ojos. Entonces, que sí, que viniese –dijo– después de cerrado el ataúd. La tramada situación. Uno ve lo inesperado.

¿Sí y sí? La gente iba a ver, a la espera. Con los soturnos pesos en los corazones; cierto esparcido susto por lo menos. Eran horas precarias. Y despertó despacio, despacio el día. Ya mañana. El difunto hedía un poco. Arre.

Sin escena, se cerró el ataúd, sin jaculatorias. El ataúd, de ancha tapa. Miraban con odio los Dagobés –sería odio al Liojorge–. Supuesto esto se cuchicheaba. Rumor general, el lugurmullo –*"Ya que ya, viene él..."*– y otras concisas palabras.

En efecto, llegaba. Había que abrir de par en par los ojos. Alto, el mozo Liojorge, despojado de todo atinar. No era animosamente, ni siendo para afrentar. Sería así con el alma entregada, una humildad mortal. Se dirigió a los tres: *"–¡Ave María purísima!"*– él, con firmeza. ¿Y entonces? Derval, Dismundo y Doricón –el cual, el demonio de modo humano– sólo habló el casi: *"–¡Hum... Ah!"* Qué cosa.

Hubo el agarrar para cargar: tres hombres a cada lado. El Liojorge agarró el asa, al frente, por el lado izquierdo –le indicaron–. Y lo encuadraban los Dagobés, de odio en torno. Entonces fue saliendo el cortejo, terminando lo interminable. Surtió así, ramo de gente, una pequeña multitud. Toda la calle embarrada. Los entrometidos más adelante, los prudentes en la retaguardia. Se cataba el suelo con la mirada. Al frente de todo, el ataúd, con las vacilaciones naturales. Y los perversos Dagobés. Y el Liojorge, ladeado. El importante entierro. Se caminaba.

En el tentempié, muy de paso. En aquel intercalamiento, todos, en cuchicheo o silencio, se entendían, con hambre de preguntidad. El Liojorge, aquél, sin escapatoria. Tenía que hacer bien su parte: tener las orejas gachas. El valiente, sin retorno. Como un criado. El ataúd parecía tan pesado. Los tres Dagobés, armados. Capaces de cualquier sopetón, ya estaban con la mirada apuntada. Sin verse, se adivinaba. Y, en aquello, caía una lluviecita. Caras y ropas se empapaban. El Liojorge –¡tan aterrorizado!– su prudencia en el ir, su tranquilidad de esclavo. ¿Rezaba? No sabría parte de sí, sólo la presencia fatal.

Y, ahora, ya se sabía: bajado el cajón a la fosa, a quemarropa lo mataban; en el expirar de un credo. La lluviecita ya se ablandaba. ¿No se iba a pasar por la iglesia? No, en el lugar no había cura.

Se proseguía.

Y entraban en el cementerio. *"Aquí, todos vienen a dormir"* –era, en el portón, el letrero–. Se hizo el airado ayuntamiento, en el barro, al lado del hoyo; muchos, pero, más atrás, preparando el huye-huye. La fuerte circunspectancia. La ninguna despedida: al una-vez Dagobé, Damastor. Depositado hondo, en forma, por medio de tensas cuerdas. Tierra en cima: pala y pala; asustaba a la gente, aquel son. ¿Y ahora?

El rapaz Liojorge esperaba, se escurrió dentro de sí. ¿Veía sólo siete palmos de tierra, de él delante de la nariz? Tuvo un mirar arduo. Se torcía el silencio. Los dos, Dismundo y

Derval, exploraban al Doricón. Súbito, sí: el hombre se estiró de hombros, ¿sólo ahora veía al otro, en medio de aquello?

Le miró cortamente. ¿Se llevó la mano al cinturón? No. La gente era la que así preveía, la falsa noción del gesto. Sólo dijo, súbitamente, oyóse: *–Mozo, váyase usted, recojasé. Sucede que mi añorado Hermano era un condenado diablo...*

Dijo aquello, bajo y mal-son. Pero se volvió hacia los presentes. Sus otros dos hermanos, también. A todos agradecían. Si no es que no sonreían, apresurados. Se sacudían de los pies el barro, se limpiaban las caras del que les había saltado. Doricón, ya fugaz, completó: *"...Nosotros nos vamos a vivir a un pueblo grande..."* El entierro había terminado. Y otra lluvia empezaba.

MURILO RUBIÃO

MURILO RUBIÃO, nació en Carmo de Minas, Minas Gerais, en 1916. Publicó su primer libro de cuentos a los treinta años. Sus relatos siempre fueron sometidos a un paciente trabajo de reelaboración. Es pionero, en Brasil, de la corriente que luego se llamó "realismo mágico". Sus obras han sido traducidas al alemán, inglés y checo. Entre ellas: *O ex-mágico* (cuentos, 1947), *A estrela vermelha* (cuentos, 1953), *Os dragões e outros contos* (cuentos, 1965), *O pirotécnico Zacarías* y *O convidado* (cuentos, 1974), *A casa do girassol vermelho* (cuentos, 1978).

BARBARA

"El hombre que se extravía del camino de la doctrina, tendrá como morada la asamblea de los gigantes."

PROVERBIOS, XXI. 16

A Bárbara lo único que le gustaba era pedir. Pedía y engordaba.

Por absurdo que pueda parecer, yo siempre estaba dispuesto a darle el gusto en sus caprichos. A cambio de tan constante dedicación, sólo recibí una ternura pobre y pedidos que se renovaban continuamente. No los retuve todos en la memoria, preocupado de acompañar el crecimiento de su cuerpo, que se abultaba en la medida que se crecía su ambición. Si por lo menos ella me dispensara parte del cariño entregado a las cosas que yo le daba, o no engordara tanto, poco me habrían importado los sacrificios que hice para satisfacer su mórbida manía.

Casi de la misma edad, fuimos compañeros inseparables en la niñez, pololos, novios y, un día, nos casamos. Mejor dicho, ahora puedo confesar que nunca pasamos de simples compañeros.

Mientras mantuve la natural inconsecuencia de la infancia, no sufrí con sus rarezas. Bárbara era una niña delgada y yo no veía nada de malo en que adquiriese formas más amplias. Con tal idea muchas veces me di de porrazos subiendo a los árboles, donde los ojos ávidos de mi compañera descubrían frutas sin sabor o nidos de pajaritos. También me gané algunas palizas de niños a los cuales me veía obligado a agredir, sólo por realizar un deseo de Bárbara. Y si regresaba con el rostro herido, más contenta se ponía. Me sujetaba la cabeza con sus manos y se quedaba feliz acariciándome el rostro entumecido, como si los hematomas fueran un regalo para ella.

A veces me resistía a atender sus exigencias, viéndola engordar incesantemente. Sin embargo, no duraba mucho mi indecisión. Me vencía su insistente mirada, que transformaba los más insignificantes pedidos en un mandato formal. (¡Qué ternura surgía en sus ojos, y qué maneras tan convincentes las de ella al hacerme sus extravagantes solicitudes!)

Hubo un tiempo –sí, lo hubo– en que me puse firme y la amenacé con abandonarla al primer pedido que me hiciera.

Hasta cierto punto, mi advertencia produjo el efecto deseado. Bárbara se refugió en un mutismo agresivo y se rehusaba a comer o a conversar conmigo. Evitaba mi presencia ocultándose en el jardín y contaminaba el ambiente con una tristeza que me angustiaba. Se le enflaquecía el cuerpo, mientras le crecía atemorizadoramente el vientre.

Atisbando que la ausencia de pedidos en mi mujer podría facilitar el surgimiento de una nueva especie de fenómeno, me llené de pánico. El médico me tranquilizó. Aquella barriga inmensa sólo anunciaba la llegada de un hijo.

Ingenuas esperanzas me hicieron creer que el nacimiento del niño eliminaría de una vez las extrañas manías de Bárbara. Y sospechando que su adelgazamiento y palidez fueran indicios de alguna grave dolencia, temí que, enfermándose, muriera el hijo en su vientre. Antes que eso sucediera, le rogué que me pidiera algo.

Pidió el océano.

No hice ninguna objeción y me embarqué ese mismo día, iniciando un largo viaje al litoral. Pero, frente al mar, me asusté con su tamaño. Tuve miedo que mi esposa diera en engordar en proporción al pedido, entonces le traje solamente una pequeña botella con agua del océano.

Al regresar quise disculpar mi procedimiento, pero ella no me puso atención. Avidamente tomó el frasco de mis manos y se puso a mirar, maravillada, el líquido que éste contenía. No lo soltó más. Dormía con la botellita entre los brazos y, cuando despertaba, lo ponía a contraluz, y probaba un poco del agua. Y a todo esto, engordaba.

Momentáneamente me despreocupé de la exagerada obesidad de Bárbara. Mi preocupación la dedicaba ahora a su vientre que crecía al punto de provocar temor. Se dilató hasta tal extremo que, a pesar de la compacta masa de grasa que le cubría el cuerpo, ella quedaba oculta detrás de la colosal barriga.

Receloso que de allí pudiera salir un gigante, imaginaba lo terrible que sería vivir junto a una mujer gordísima y a un hijo monstruoso, y que encima podía heredar de la madre la manía de pedir cosas.

Para mi desilusión, nació un ser raquítico y feo, con un kilo de peso.

Desde un principio, Bárbara lo rechazó. No por delgado y deforme, sino por no haberlo encargado ella.

La insensibilidad de la madre, su indiferencia al llanto y al hambre del niño, me obligó a criarlo en mi regazo. Mientras él lloraba por alimento, ella se negaba a entregarle sus senos abundantes y llenos de leche.

Cuando Bárbara se cansó del agua de mar, me pidió un baobab que estaba plantado en el sitio vecino al nuestro. En la madrugada, tras asegurarme de que el niño dormía tranquilamente, salté el muro que daba hacia el jardín del vecino y corté una rama del árbol.

Cuando regresé a casa, no esperé que amaneciera para entregarle el regalo a mi mujer. La desperté susurrando su nombre. Abrió los ojos, sonriente, adivinando el motivo por el cual la despertaba.

–¿Dónde está?

–Aquí. –Y le mostré la mano que traía oculta a las espaldas.

–¡Idiota! –gritó, escupiéndome el rostro–. No te pedí una rama. –Y se dio vuelta sin darme tiempo para explicarle que el baobab era demasiado frondoso, midiendo aproximadamente diez metros de altura. Días después, como el dueño se negaba a vender el árbol por separado, tuve que comprar toda la propiedad por un precio exorbitante.

Hecho el negocio, contraté el servicio de algunos hombres que, preparados con picos y grúa, arrancaron el baobab y lo echaron por tierra.

Feliz y dando saltitos, como una colegiala, Bárbara pasaba el día caminando sobre el grueso tronco. Sobre éste también dibujaba figuras, escribía nombres. Encontré el mío debajo de un corazón, hecho que me conmovió mucho. Esa fue la única muestra de cariño que recibí de ella. Ajena a la gratitud con que yo recibí su gesto, presenció el marchitarse de las hojas y, al ver secarse al baobab, se desinteresó de él.

Estaba terriblemente gorda. Intenté sacarla de su obsesión, llevándola al cine, al campo de fútbol. Al niño había que cargarlo en brazos, debido a que años después de su nacimiento seguía del mismo tamaño, sin haber crecido ni una pulgada. Lo primero que se le ocurría en tales ocasiones era pedir la máquina de proyección o la pelota con la que se entretenían los jugadores. Me hacía interrumpir bajo las protestas de los asistentes la película o el partido, sólo para darle el gusto.

Tarde comprendí lo inútil de mis esfuerzos para cambiar el comportamiento de Bárbara. Jamás comprendería mi amor y seguiría engordando para siempre.

Dejé que hiciera lo que se le ocurriera, esperando con resignación nuevos pedidos. Serían los últimos. Ya había gastado una fortuna en sus excentricidades.

Una tarde se me acercó cariñosamente y me acarició los cabellos. Tomado de sorpresa, no atiné a descubrir de inmediato el motivo de esa actitud. Ella misma se encargó de dejarlo en claro:

–¡Me haría tan feliz tener un navío!

–Pero mi amor, nos quedaríamos en la calle. No tendríamos con qué comprarle comida al niño y se moriría de hambre.

–Qué importa el niño, tendríamos un navío, que es la cosa más linda del mundo.

Irritado, no le encontré ninguna gracia a sus palabras. Qué iba a saber ella si un barco era bonito si nunca había visto uno, y si el mar lo conocía únicamente por una botella.

Me comí la rabia y de nuevo me embarqué hacia el litoral. Entre los transatlánticos embarcados en el puerto elegí al mayor. Lo mandé desarmar y lo hice transportar hacia la ciudad.

Regresaba desolado. En el último carro de uno de los muchos trenes que llevaban partes del navío, mi hijo miraba inquieto, intentando comprender la razón de tanto pitazo inútil.

Bárbara fue advertida por un telegrama, y nos esperaba en la estación. Nos recibió alegremente y hasta le hizo una gracia al niño.

En una extensa área, formada por varios sitios, Bárbara acompañó hasta en los menores detalles en el montaje del barco. Yo me quedaba sentado en el suelo, irritado y triste. A veces miraba al niño, que tal vez nunca llegara a caminar con sus propias piernecitas, a veces el cuerpo de mi mujer, que de tan gordo ni varios hombres que unieran sus manos lograrían abrazarlo.

Armado el barco, ella se trasladó a él y nunca más bajó a tierra. Pasaba los días y las noches en la cubierta, totalmente ajena a todo lo que no tuviera relación con la nave.

El dinero que quedó de la compra del barco luego se acabó. Vino el hambre. El niño pataleaba, se echaba al pasto, se llenaba la boca con tierra. Ya no me importaba tanto el llanto de mi niño. Tenía mis ojos dirigidos hacia mi esposa, esperando que adelgazara por la falta de alimentación.

No adelgazó. Al contrario, adquirió algunas decenas de kilos más. Su excesiva obesidad no le permitía entrar a los camarotes y sus paseos de limitaban al combés, donde se movía con dificultad.

Yo me quedaba junto al niño, y cuando podía burlar la vigilancia de mi mujer, robaba pedazos de madera o de fierro del transatlántico y los cambiaba por comida.

Una noche vi a Bárbara mirando fijamente al cielo. Cuando me di cuenta que miraba la luna dejé al niño en el suelo y subí rápido hasta el lugar donde ella estaba. Traté, con los mejores argumentos, de desviarle la atención. Luego, viendo lo inútil de mis palabras, la tiré de los brazos. Tampoco resultó. Su cuerpo era demasiado pesado para que pudiera arrastrarlo.

Desorientado, sin saber que hacer, me apoyé en la baranda. Nunca antes había visto tan grave su rostro, tan fija su mirada. Aquél sería su último pedido. Esperé que lo hiciera. Ya nadie podría contenerla.

Pero, después de unos minutos, respiré aliviado. No pidió la luna, sino una minúscula estrella, casi invisible a su lado. Partí a buscarla.

(Traducción de ADÁN MÉNDEZ)

FERNANDO SABINO

FERNANDO SABINO ingresa con pie firme en el mundo de las letras, donde ha tenido enorme éxito de crítica y de público, en 1944, con su novela *A Marca*. Ha publicado crónicas (*A cidade vazia*, 1952; *A falta que ela me faz*, 1981; *O Gato sou eu*, 1983); relatos (*A vida real*, 1952; *O homen nu*, 1960; *A mulher do Vizinho*, 1962; *A companheira de viagem*, 1965; *A inglesa deslumbrada*, 1967; *Gente I e II*, 1975; *Deixa o Alfredo falar!*, 1976 y *O encontro das aguas*, 1977); novelas (*O encontro marcado*, 1956; *O grande mentecapto*, 1979; *O menino no espelho*, 1982, y *A faca de dois gumes*, 1985).

EL HOMBRE DESNUDO

Al despertar, dijo a su mujer:

–Oye, hija, hoy es día de pagar la cuota del televisor, seguro que viene el hombre a cobrar. Pero sucede que ayer no traje dinero de la ciudad, no tengo nada.

–Explique eso al hombre –dijo la mujer.

–No me gusta hacer eso. Parece sinvergüenzura y me gusta cumplir con mis obligaciones rigurosamente. Oye: cuando llegue el hombre nos quedaremos callados aquí dentro, sin hacer ruido, para que él piense que no hay nadie. Dejémoslo llamar hasta que se canse; mañana le pago.

Pasados algunos instantes, se sacó el pijama y se dirigió hacia el baño para ducharse, pero su mujer ya se había encerrado ahí dentro. Mientras esperaba, decidió preparar un café. Puso el agua a hervir y abrió la puerta de servicio para recoger el pan. Como estaba completamente desnudo, miró cuidadosamente desde un lado hacia otro antes de arriesgarse a dar dos pasos hasta el paquete que el panadero había dejado sobre el mármol del parapeto.

Todavía era muy temprano y no había ninguna posibilidad de que pudiera aparecer alguien en ese momento. Mal pudo tocar el pan con sus manos cuando de repente la puerta se cerró ruidosamente, impulsada por el viento.

Aterrorizado, se precipitó hasta el timbre y, luego de presionarlo, quedó a la espera, mirando ansiosamente a su alrededor. Escuchó interrumpirse el ruido del agua de la ducha, pero nadie vino a abrirle. Seguramente su mujer pensaba que era el hombre del televisor. Golpeó con los nudos de los dedos:

–¡María! ¡María!. Soy yo –llamó en voz baja.

Mientras más golpeaba, más silencio había allá adentro. Entonces escuchó que allá abajo cerraban la puerta del ascensor, y empezó lentamente a marcar los números de los pisos... ¡Ahora sí, era el hombre del televisor!

No lo era. Refugiado en la escalera entre los pisos, esperó que el ascensor pasase y volvió a la puerta de su departamento, sujetando con sus manos nerviosas el paquete de pan:

–¡María, por favor! ¡Soy yo!

Pero por esta vez no hubo tiempo de insistir: escuchó pasos en la escalera, lentos, regulares, que venían desde abajo... Lleno de pánico, miró a su alrededor; haciendo una pirueta, y así desnudo, paquete en la mano, parecía ejecutar un ballet grotesco y mal ensayado. Los pasos en la escalera se aproximaban, y él sin tener donde ocultarse. Corrió hacia el ascensor, apretó el botón. Tan pronto la puerta se abrió él entró y la empleada pasó, lentamente, y comenzó a subir otro tiro de la escalera. El respiró aliviado, secando el sudor de su frente con el paquete de pan. Pero súbitamente la puerta del ascensor se cerró y empezó a bajar.

–¡Ah no, eso no! –dijo el hombre desnudo, sobresaltado.

¿Y ahora? Alguien allá abajo abriría la puerta del ascensor y lo encontraría desnudo; podría hasta ser algún vecino conocido... Percibió, desorientado, que estaba siendo llevado cada vez más lejos de su departamento; comenzaba a vivir una verdadera pesadilla de Kafka, vivía en aquel momento el más auténtico y alocado Régimen de Terror.

–Eso no –repitió, furioso.

Se agarró de la puerta del ascensor y la abrió con fuerza entre dos pisos, obligándolo a detenerse. Respiró hondo, cerrando los ojos, para tener la momentánea ilusión de que estaba soñando; de pronto, intentó presionar el botón de su piso. Desde allá abajo seguían llamando al ascensor. Antes de todo: "Emergencia: parar." Muy bien.

¿Y ahora? ¿Irá a subir o a bajar? Cautelosamente desligó el botón de emergencia y soltó la puerta, mientras insistía en tratar de que el ascensor subiese.

El ascensor subió.

–¡María! ¡Abre la puerta! –gritaba, ahora golpeando fuerte la misma, ya sin ningún cuidado.

Escuchó que otra puerta se abría detrás suyo. Se volvió, asustado, apoyando el trasero en la pared e intentando inútilmente cubrirse con el paquete de pan. Era la vieja del departamento vecino:

–Buenos días, mi señora –dijo él, confuso–. Figúrese que yo...

La vieja, aterrorizada, levantó los brazos hacia arriba, y se puso a gritar:

–¡Ay, Dios mío! ¡El panadero está desnudo!

Y corrió hacia el teléfono para llamar a la policía:

–¡Hay un hombre desnudo aquí en la puerta!

Otros vecinos escucharon el griterío y vinieron a ver lo que ocurría:

–¡Un sicópata!

–¡Miren, que horror!

–¡No lo mires! ¡Váyase para adentro, m'hijita!

María, la esposa del infeliz, abrió finalmente la puerta para ver qué sucedía. El entró como un rayo y se vistió precipitadamente, sin ni siquiera acordarse del baño. Pocos minutos después, restablecida la calma allá afuera, golpearon la puerta.

–Debe ser la policía –dijo él, todavía jadeante, yendo a abrir.

No era: era el cobrador del televisor.

(Traducción de ADÁN MÉNDEZ)

LYGIA FAGUNDES TELLES

LYGIA FAGUNDES TELLES nació en 1923, en Sao Paulo. Empezó a publicar muy joven. Sus obras se han traducido al alemán, español, francés y checo. Entre ellas, *Praia viva* (cuentos, 1944), *O cacto vermelho* (cuentos, 1949), *Ciranda de pedra,* (novela, 1954), *Historias do desencontro* (cuentos, 1958), *Verão no aquário* (novela, 1963), *Histórias escolhidas* (cuentos, 1964), *O jardim selvagem* (cuentos, 1965), *Antes do baile verdei,* (cuentos, 1970), *As meninas* (novela, 1973), *Seminario dos ratos* (cuentos, 1977), *Filhos pródigos* (cuentos, 1978), *Misterios* (cuentos, 1981).

EL MUCHACHO DEL SAXOFON

Yo era un chofer de camión y ganaba ríos de dinero con un tipo que se dedicaba al contrabando. Aún hoy no entiendo por qué fui a parar a la pensión de aquella señora, una polaca que se lanzó a la vida fácil siendo joven y, ya entrada en años, no dudó en abrir aquel hotelucho. Eso fue lo que me contó James, un tipo que tragaba hojas de afeitar, mi compañero de mesa en los días en que estuve enzarzado por allá. Había pensionistas y también transeúntes, una chusma que entraba y salía limpiándose los dientes, algo para mí insoportable.Un día planté a una mujer sólo porque, en nuestra primera cita, metió el palillo entre los dientes después de comer un bocadillo y se quedó con la boca tan desguarnecida que conseguía ver lo que el palillo escarbaba. Bien, pero yo decía que en aquel hotelucho estaba de paso. La comida, una porquería, y como si no bastase tener que tragar aquellas lavaduras, aun debíamos soportar unos malditos enanos que se enredaban entre nuestras piernas. Y estaba la música del saxofón.

No es que no me gustase la música; siempre me gustó oír todo tipo de charanga en mi radio por la noche, en la carretera, mientras voy haciendo mi faena. Pero aquel saxofón era capaz de retorcer a cualquiera. Tocaba muy bien, no lo dudo. Lo que me sacaba de quicio era la forma, una forma triste como un demonio. Creo que nunca más voy a oír a alguien que toque el saxofón como lo hacía aquel tipo.

–¿Qué es eso? –le pregunté al de las hojas de afeitar. Era mi primer día en la pensión y aún no sabía nada. Señalé el techo que parecía de cartón, de tan fuerte que llegaba la música hasta nuestra mesa–. ¿Quién está tocando?

–Es el muchacho del saxofón.

Mastiqué más despacio. Ya había escuchado antes saxofón, pero ése de la pensión no lo conseguiría reconocer ni aquí ni en la Cochinchina.

–¿Y el cuarto de ese chico queda aquí encima?

James se metió una papa entera en la boca. Sacudió la cabeza y abrió más la boca, humeante como un volcán la papa caliente allá en el fondo. Sopló bastante tiempo el vapor antes de contestar.

–Sí, aquí encima.

Un buen compañero ese James. Trabajaba en un parque de diversiones, pero como ya se sentía medio viejo, quería ver si se asentaba en un negocio de billetes. Esperé que acabase la papa mientras iba llenando mi tenedor.

–Es una música cruelmente triste –continué.

–Su mujer le pone los cuernos hasta con el loro –contestó James, mojando la miga del pan en el fondo del plato para aprovechar la salsa–. El pobre pasa todo el día encerrado, ensayando. No baja ni siquiera para comer. Mientras tanto, la muy cabrona se acuesta con cualquier cristiano que se le ponga por delante.

–Y contigo, ¿también se acostó?

–Es medio flacucha para mi gusto, pero es bonita. Y tierna. Entonces le hice la pelota, ¿me entiendes? Pero ya vi que no tengo suerte con las mujeres: tuercen la nariz al saber que trago hojas de afeitar. Supongo que se quedan con miedo de cortarse...

"Tuve ganas de reír, pero exactamente en ese instante, como una boca que quiere gritar, tapada con una mano, entresaliendo por los dedos los sonidos exprimidos. Entonces recordé aquella chica que recogí una noche en mi camión. Salió para tener el hijo en el pueblo, pero no aguantó y cayó allí mismo en la carretera, dando vueltas como un animal. La acomodé en la carrocería y corrí como un loco para llegar cuanto antes, aterrorizado con la idea de que el hijo naciese en el camino y rompiese a aullar como la madre. Al final, para no colmar mi paciencia, ahogaba sus gritos en la lona, pero juro que sería mejor que gritase al mundo: aquel continuo ahogo de gemidos ya me estaba enfermando. Caray, no le deseo aquel cuarto de hora ni a mi peor enemigo.

–Parece alguien pidiendo socorro –dije, llenando de cerveza mi vaso–. ¿No tendrá una música más alegre?

James se encogió de hombros.

–Los cuernos duelen...

En ese primer día supe también que el chico del saxofón tocaba en un bar; sólo regresaba de madrugada. Dormía en un cuarto separado del de su mujer.

–Pero, ¿por qué? –pregunté, bebiendo de prisa para terminar cuanto antes y marcharme. La verdad es que no tenía nada que ver con todo aquello; nunca me metí en la vida de nadie, pero era mejor el tra-la-lá de James que el saxofón.

–¿Y los demás no reclaman?

–Ya se acostumbraron.

Le pregunté dónde estaba el W.C. y me levanté antes que James se empezase a escarbar los dientazos que le sobraban. Cuando subí la escalera de caracol, tropecé con un enano que bajaba. "Un enano", pensé. Al salir del W.C. lo encontré en el pasillo, pero ahora vestía ropa diferente. "Cambió de ropa", me dije medio extrañado, había sido demasiado rápido. Y ya bajaba por la escalera cuando pasó otra vez delante de mí, pero con otra ropa. Me quedé medio atontado. ¿Pero qué diablo de enano es ése que cambia de ropa de dos en dos minutos? Lo entendí más tarde: no era uno solo, sino un trío, miles de enanos rubios con el pelo peinado de lado.

–¿Puede decirme de dónde salen tantos enanos? –le pregunté a la dueña y ella se echó a reír.

–Todos artistas, mi pensión tiene casi sólo artistas...

Me quedé viendo con qué cuidado el camarero empezó a amontonar almohadones en las sillas para que ellos se sentasen. Comida ruin, enano y saxofón. No aguanto enanos, y ya había decidido pagar y desaparecer, cuando ella apareció. Llegó por detrás. Palabra que había espacio para que pasase un batallón, pero ella se las arregló para tropezar conmigo.

–Con permiso.

No tuve que preguntar para saber que aquella era la mujer del muchacho del saxofón. En ese momento el saxofón ya había parado. Me quedé mirándola. Era delgada, sí, pero tenía el trasero redondo y un andar muy cadencioso. El vestido rojo no podía ser más corto. Ocupó una mesa solitaria y bajando los ojos empezó a descascarar el pan con la punta de la uña roja. De pronto se rió y le apareció un hoyito en el mentón. ¡Qué ganas tuve, carajo, de ir allí, agarrarla por la barbilla y saber por qué se estaba riendo! Me quedé riendo yo también.

–¿A qué hora es la cena? –pregunté a la dueña, mientras pagaba.

–Va de las siete a las nueve. Mis pensionistas fijos *suelen comer a las ocho* –me avisó, doblando el dinero y mirando socarronamente a la mujer de rojo–. ¿A usted le gustó la comida?

Volví a las ocho en punto. El tal James ya masticaba su bife. En la sala estaban un vejete de barbilla, profesor de magia, a lo que parecía, y el enano de ropa a cuadros. Pero ella no estaba. Me animé un poco cuando vino un plato de pasteles: tengo locura por los pasteles. James empezó a hablar entonces de una pelea en el parque de diversiones, pero yo estaba con los ojos clavados en la puerta. Vi cuando ella entró, charlando bajito con un tipo de bigote pelirrojo. Subieron la escalera como dos gatos pisando mullidamente. No tardó nada y ya el saxofón se puso otra vez a tocar.

–Sí, señor –dije, y James pensó que yo estaba hablando de la pelea.

–¡Lo peor es que yo estaba completamente borracho, mal me pude defender!

Mordí un pastel con más humo dentro que otra cosa. Examiné los restantes, intentando descubrir alguno más rellenito.

–¡Cómo toca de bien ese condenado...! ¿Quiere decir que nunca viene a comer?

James tardó en entender de lo que estaba hablando. Hizo una mueca. Ciertamente prefería el asunto del parque.

–Come en la habitación, quién sabe, tiene vergüenza de la gente –refunfuñó, sacando un palillo–. Me da pena, pero a veces le tengo rabia, cornudo idiota. ¡Si fuese otro, ya habría acabado con la vida de ella!

Ahora la música subía a un agudo tan estridente que me dolían los oídos. Pensé de nuevo en la muchacha deshaciéndose de dolor en la carrocería, pidiendo socorro a no sé quién más.

–¡No soporto eso, carajo!

–¿Lo qué?

Crucé los cubiertos. La música al máximo, los dos al máximo encerrados en la habitación y yo allí, viendo al canalla de James limpiarse los dientes. Tuve ganas de arrojar al techo mi plato de guayaba con queso y escabullirme lejos de todo aquel malestar.

–¿Es fresco el café? –le pregunté al mulatito, que ya limpiaba la mesa aceitosa con un trapo mugriento como su propia cara.

–Hecho ahora.

Por la cara, vi que era mentira.

–No es necesario, lo tomo en la esquina.

Paró la música. Pagué, guardé el cambio y miré fijamente hacia la puerta porque tuve el presagio que ella iba a aparecer. Y apareció con un airecito de gata de tejado, el pelo suelto en la espalda y el vestidito amarillo, aun más corto que el rojo. El tipo del bigote pasó en seguida, abrochándose la chaqueta. Saludó a la dueña, puso cara de quien tiene mucho que hacer y salió a la calle.

–¡Sí, señor!

–¿Sí señor, qué? –preguntó James.

–Cuando ella entra en el cuarto con un fulano, él empieza a tocar, y para, cuando ella termina. ¿Te diste cuenta? Basta que ella se encierre y él empieza.

James pidió otra cerveza. Miró hacia el techo.

–Las mujeres son el demonio...

Me levanté, y cuando pasé junto a la mesa de ella, anduve más despacio. Entonces dejó caer la servilleta. Al agacharme, me agradeció, con los ojos bajos.

–Vaya, no hacía falta que se molestase.

Raspé un fósforo para encenderle el cigarrillo. Sentí fuerte su perfume.

–¿Mañana? –le pregunté, ofreciéndole los fósforos–. ¿A las siete está bien?

–Es la puerta que queda al lado de la escalera, a la derecha de quien sube.

Salí en seguida, fingiendo no ver la carita maliciosa de uno de los enanos que estaba cerca, y arranqué en mi camión antes que la dueña viniese a preguntarme si me estaba gustando el menjunje. Al día siguiente llegué a las siete en punto. Llovía a cántaros y tenía que viajar toda la noche. El pequeño mulato ya amontonaba en las sillas los almohadones para los enanos. Subí la escalera sin hacer ruido, preparándome para explicar que iba al W.C. por si alguien aparecía. Pero nadie apareció. En la primera puerta, la de la derecha de la escalera, golpeé suavemente y fui entrando. No sé cuánto tiempo me quedé parado en medio del cuarto: estaba allí un muchacho con un saxofón. Estaba sentado en una silla, en mangas de camisa, mirándome sin decir una palabra. No parecía ni siquiera asustado, sólo me miraba.

–Perdón, me equivoqué de habitación –le dije, con una voz que no sé aun hoy a dónde fui a buscar.

El muchacho apretó el saxofón contra el pecho hundido.

-Es en la puerta siguiente –dijo con voz de susurro, señalando con la cabeza.

Busqué los cigarrillos sólo para hacer algo. ¡Qué situación, carajo! ¡Si pudiese, agarraría a aquella tipa por el pelo, la muy estúpida! Le ofrecí un cigarrillo.

–¿Quieres uno?

–Gracias, no puedo fumar.

Fui retrocediendo de espaldas. Y de repente no aguanté. Si él hubiese esbozado cualquier gesto, dicho cualquier cosa, aún me dominaría, pero aquella calma brutal me sacó de quicio.

–¿Y tú aceptas todo eso así tan tranquilo? ¿Por qué no le das una buena paliza, no la mandas a patadas con maleta y todo al centro de la calle? ¡Si fuese tú, carajo, ya la habría partido al medio! Perdóname por entrometerme, ¡pero no irás a decir que no haces nada!

–Yo toco el saxofón.

Me quedé mirando primero su cara, que de tan blanca parecía hecha de yeso. Después miré el saxofón. El dejaba deslizar sus largos dedos por los botones, de abajo para arriba, de arriba para abajo, muy despacio, esperando que yo saliese para empezar a tocar. Limpió con un pañuelo la boquilla del instrumento, antes de empezar con aquellos malditos aullidos.

Golpeé la puerta. En ese momento la puerta de al lado se abrió despacito. Conseguí ver la mano de ella, agarrando la manija para que el viento no la abriese demasiado. Me quedé aún detenido un instante, sin saber qué hacer. Juro que no tomé en seguida la decisión, ella esperando y yo parado como un idiota; entonces, ¡Cristo bendito! ¿Y entonces? Fue cuando empezó muy lentamente la música del saxofón. Me quedé capón en el mismo momento, porra. Bajé la escalera a saltos. En la calle tropecé con uno de los enanos metido en un impermeable, esquivé otro que ya venía detrás y me encerré en el camión. Obscuridad y lluvia. Cuando puse en marcha el motor, el saxofón ya subía a un agudo que no llegaba nunca al final. Mi ansia por huir era tan fuerte que el camión arrancó desenfrenado, de golpe.

CLARICE LISPECTOR

CLARICE LISPECTOR, de origen ucraniano, llegó antes de cumplir un año al Brasil. Desde muy joven vivió en Río de Janeiro, donde se licenció en Derecho. Desde su primer volumen, *Perto do Coraçao Selvagem* (cuentos, 1942) consiguió realizar un obra maestra. Entre sus libros posteriores más conocidos (y traducidos al español, entre otras lenguas modernas) figuran: *O lustre* (cuentos, 1946), *Laços de familia* (novela, 1959), *A maçã no escuro* (novela, 1961), *Uma aprendizagem ou o livro dos prazeres* (novela, 1969) y *Onde estiveste de noite?* (cuentos, 1974).

AMOR

Un poco cansada, con las compras deformando la nueva bolsa de malla, Ana subió al tranvía. Depositó la bolsa sobre las rodillas y el tranvía comenzó a andar. Entonces se recostó en el banco en busca de comodidad, con un suspiro casi de satisfacción. Los hijos de Ana eran buenos, algo verdadero y jugoso. Crecían, se bañaban, exigían, malcriados, por momentos cada vez más completos. La cocina era espaciosa, el fogón estaba descompuesto y hacía explosiones. El calor era fuerte en el departamento que estaban pagando de a poco. Pero el viento golpeando las cortinas que ella misma cortara recordaba que si quería podía enjugarse la frente, mirando el calmo horizonte. Lo mismo que un labrador. Ella había plantado las simientes que tenía en la mano, no las otras, sino esas mismas. Y los árboles crecían. Crecía su rápida conversación con el cobrador de la luz, crecía el agua llenando la pileta, crecían sus hijos, crecía la mesa con comidas, el marido llegando con los diarios y sonriendo de hambre, el canto importuno de las sirvientas del edificio. Ana prestaba a todo, tranquilamente, su mano pequeña y fuerte, su corriente de vida.

Cierta hora de la tarde era la más peligrosa. A cierta hora de la tarde los árboles que ella plantara se reían de ella. Cuando ya no precisaba más de su fuerza, se inquietaba. Sin embargo, sentíase más sólida que nunca, su cuerpo había engrosado un poco, y había que ver la forma en que cortaba blusas para los chicos, con la gran tijera restallando sobre el género. Todo su deseo vagamente artístico hacía mucho que se había encaminado a transformar los días bien realizados y hermosos; con el tiempo su gusto por lo decorativo se había desarrollado suplantando su íntimo desorden. Parecía haber descubierto que todo era posible de perfeccionamiento, que a cada cosa se prestaría una apariencia armoniosa; la vida podría ser hecha por la mano del hombre.

En el fondo, Ana siempre había tenido necesidad de sentir la raíz firme de las cosas. Y eso le había dado un hogar, sorprendentemente. Por caminos torcidos había venido a caer en un destino de mujer, con la sorpresa de caber en él como si ella lo hubiera inventado. El hombre con el que se casara era un hombre de verdad, los hijos que habían tenido eran hijos de verdad. Su juventud anterior le parecía tan extraña como una enfermedad de vida. Había surgido de ella muy pronto para descubrir que también sin la felicidad se vivía: aboliéndola, había encontrado una legión de personas, antes invisibles, que vivían como quien trabaja con persistencia, continuidad, alegría. Lo que le sucediera a Ana antes de tener su hogar ya estaba para siempre fuera de su alcance: era una exaltación perturbada a la que tantas veces confundiera con una insoportable felicidad. A cambio de eso, había creado algo al fin comprensible, una vida de adulto. Así lo había querido ella y así lo había escogido.

Su precaución se reducía a cuidarse en la hora peligrosa de la tarde, cuando la casa estaba vacía y sin necesitar ya de ella, el sol alto, y cada miembro de la familia distribuido en sus ocupaciones. Mirando los muebles limpios, su corazón se apretaba un poco con espanto. Pero en su vida no había lugar para sentir ternura por su espanto: ella lo sofocaba con la misma habilidad que le habían transmitido los trabajos de la casa. Entonces salía para hacer las compras o llevar objetos para arreglar, cuidando del hogar y de la familia y en rebeldía con ellos. Cuando volvía ya era el final de la tarde y los niños, de regreso del colegio, la exigían. Así llegaría la noche, con su tranquila vibración. De mañana despertaría aureolada por los tranquilos deberes. Nuevamente encontraba los muebles sucios y llenos de polvo, como si regresaran arrepentidos. En cuanto a ella misma, formaba oscuramente parte de las raíces negras y suaves del mundo. Y alimentaba anónimamente la vida. Y eso estaba bien. Así lo había querido y elegido ella.

El tranvía vacilaba sobre las vías, entraba en calles anchas. En seguida soplaba un viento más húmedo anunciando; mucho más que el fin de la tarde, el final de la hora inestable. Ana respiró profundamente y una gran aceptación dio a su rostro un aire de mujer.

El tranvía se arrastraba, en seguida se detenía. Hasta la calle Humaitá tenía tiempo de descansar. Fue entonces cuando miró hacia el hombre detenido en la parada. La diferencia entre él y los otros es que él estaba realmente detenido. De pie, sus manos se mantenían extendidas. Era un ciego.

¿Qué otra cosa había hecho que Ana se fijase erizada de desconfianza? Algo inquietante estaba pasando. Entonces lo advirtió: el ciego masticaba chicles... Un hombre ciego masticaba chicles.

Ana todavía tuvo tiempo de pensar por un segundo que los hermanos irían a comer; el corazón le latía con violencia, espaciadamente. Inclinada, miraba al ciego profundamente, como se mira lo que no nos ve. El masticaba goma en la oscuridad. Sin sufrimiento, con los ojos abiertos. El movimiento, al masticar, lo hacía parecer sonriente y de pronto dejó de sonreír, sonreír y dejar de sonreír –como si él la hubiese insultado, Ana lo miraba. Y quien la viese tendría la impresión de una mujer con odio. Pero continuaba mirándolo, cada vez más inclinada –el tranvía arrancó súbitamente, arrojándola desprevenida hacia atrás y la pesada bolsa de malla rodó de su regazo y cayó en el suelo–. Ana dio un grito y el conductor impartió la orden de parar antes de saber de qué se trataba; el tranvía se detuvo, los pasajeros miraron asustados. Incapaz de moverse para recoger sus compras, Ana se irguió pálida. Una expresión desde hacía tiempo no usada en el rostro resurgía con dificultad, todavía incierta, incomprensible. El muchacho de los diarios reía entregándole sus paquetes. Pero los huevos se habían quebrado en el paquete de papel de diario. Yemas amarillas y viscosas se pegoteaban entre los hilos de la malla. El ciego había interrumpido su tarea de masticar chicles y extendía las manos inseguras, intentando inútilmente percibir lo que estaba sucediendo. El paquete de los huevos fue arrojado fuera de la bolsa y, entre las sonrisas de los pasajeros y la señal del conductor, el tranvía reinició nuevamente la marcha.

Pocos instantes después ya nadie la miraba. El tranvía se sacudía sobre los rieles y el ciego masticando chicles había quedado atrás para siempre. Pero el mal ya estaba hecho.

La bolsa de malla era áspera entre sus dedos, no íntima como cuando la tejiera. La bolsa había perdido el sentido, y estar en un tranvía era un hilo roto; no sabía qué hacer con las compras en el regazo. Y como una extraña música, el mundo recomenzaba a su alrededor. El mal estaba hecho. ¿Por qué?, ¿acaso se había olvidado de que había ciegos? La piedad la sofocaba, y Ana respiraba con dificultad. Aun las cosas que existían antes de lo sucedido ahora estaban precavidas, tenían un aire hostil, perecedero... El mundo nuevamente se había transformado en un malestar. Varios años se desmoronaban, las yemas amarillas se escurrían. Expulsada de sus propios días, le parecía que las personas en la calle corrían peligro, que se mantenían por un mínimo equilibrio, por azar, en la oscuridad; y por un momento la falta de sentido las dejaba tan libres que ellas no sabían hacia dónde ir. Notar una ausencia de ley fue tan súbito que Ana se agarró al asiento de enfrente, como si se pudiera caer del tranvía, como si las cosas pudieran ser revertidas con la misma calma con que no lo eran. Aquello que ella llamaba crisis había venido, finalmente. Y su marca era el placer intenso con que ahora gozaba de las cosas, sufriendo espantada. El calor se había vuelto menos sofocante, todo había ganado una fuerza y unas voces más altas. En la calle Voluntarios de la Patria parecía que estaba pronta a estallar una revolución. Las rejas de las cloacas estaban secas, el aire cargado de polvo. Un ciego mascando chicles había sumergido el mundo en oscura impaciencia. En cada persona fuerte estaba ausente la piedad por el ciego, y las personas la asustaban con el vigor que poseían. Junto a ella había una señora de azul, ¡con un rostro! Desvió la mirada, rápido. ¡En la acera, una mujer dio un empujón al hijo! Dos novios entrelazaban los dedos sonriendo... ¿Y el ciego? Ana se había deslizado hacia una bondad extremadamente dolorosa.

Ella había calmado tan bien a la vida, había cuidado tanto que ella no explotara. Mantenía todo en serena comprensión, separaba una persona de las otras, las ropas estaban claramente hechas para ser usadas y se podía elegir por el diario la película de la noche, todo hecho de tal modo que un día sucediera al otro. Y un ciego masticando chicles lo había destrozado todo. A través de la piedad a Ana se le aparecía una vida llena de náusea dulce, hasta la boca.

Solamente entonces percibió que hacía mucho que había pasado la parada para descender. En la debilidad en que estaba, todo la alcanzaba con un susto; descendió del tranvía con piernas débiles, miró a su alrededor, asegurando la bolsa de malla sucia de huevo. Por un momento no consiguió orientarse. Le parecía haber descendido en medio de la noche.

Era una calle larga, con altos muros amarillos. Su corazón latía con miedo, ella buscaba inútilmente reconocer los alrededores, mientras la vida que descubriera continuaba latiendo y un viento más tibio y más misterioso le rodeaba el rostro. Se quedó parada mirando el muro. Al fin pudo ubicarse. Caminando un poco más a lo largo de la tapia, cruzó los portones el Jardín Botánico.

Caminaba pesadamente por la alameda central, entre los cocoteros. No había nadie en el jardín. Dejó los paquetes en el suelo, se sentó en un banco de un atajo y allí se quedó por algún tiempo.

La vastedad parecía calmarla, el silencio regulaba su respiración. Ella adormecía dentro de sí.

De lejos se vía la hilera de árboles donde la tarde era clara y redonda. Pero la penumbra de las ramas cubría el atajo.

A su alrededor se escuchaban ruidos serenos, olor a árboles, pequeñas sorpresas entre los "cipós". Todo el Jardín era triturado por los instantes ya más apresurados de la tarde. ¿De dónde venía el medio sueño por el cual estaba rodeada? Como por un zumbar de abejas y de aves. Todo era extraño, demasiado suave, demasiado grande.

Un movimiento leve e íntimo la sobresaltó: se volvió rápida. Nada parecía haberse movido. Pero en la alameda central estaba inmóvil un poderoso gato. Su pelaje era suave. En una nueva marcha silenciosa, desapareció.

Inquieta, miró en torno. Las ramas se balanceaban, las sombras vacilaban sobre el suelo. Un gorrión escarbaba en la tierra. Y de repente, con malestar, le pareció haber caído en una emboscada. En el Jardín se hacía un trabajo secreto del cual ella comenzaba a apercibirse.

En los árboles las frutas eran negras, dulces como la miel. En el suelo había carozos llenos de orificios, como pequeños cerebros podridos. El banco estaba manchado de jugos violetas. Con suavidad intensa las aguas rumoreaban. En el tronco del árbol se pegaban las lujosas patas de una araña. La crudeza del mundo era tranquila. El asesinato era profundo. Y la muerte no era aquello que pensábamos.

Al mismo tiempo que imaginario, era un mundo para comerlo con los dientes, un mundo de grandes dalias y tulipanes. Los troncos eran recorridos por parásitos con hojas, y el abrazo era suave, apretado. Como el rechazo que precedía a una entrega, era fascinante, la mujer sentía asco, y a la vez era fascinada.

Los árboles estaban cargados, el mundo era tan rico que se podría. Cuando Ana pensó que había niños y hombres grandes con hambre, la náusea le subió a la garganta, como si ella estuviera grávida y abandonada. La moral del Jardín era otra. Ahora que el ciego la había guiado hasta él, se estremecía en los primeros pasos de un mundo brillante, sombrío, donde las victorias-regias flotaban, monstruosas. Las pequeñas flores esparcidas sobre el césped no le parecían amarillas o rosadas, sino del color de un mal oro y escarlatas. La descomposición era profunda, perfumada... Pero todas las pesadas cosas eran vistas por ella con la cabeza rodeada de un enjambre de insectos, enviados por la vida más delicada del mundo. La brisa se insinuaba entre las flores. Ana, más adivinaba que sentía su olor dulzón... El Jardín era tan bonito que ella tuvo miedo del Infierno.

Ahora era casi noche y todo parecía lleno, pesado, un "esquilo"[1] pareció volar con la sombra. Bajo los pies la tierra estaba fofa, Ana la aspiraba con delicia. Era fascinante, y ella sentíase mareada.

Pero cuando recordó a los niños, frente a los cuales había vuelto culpable, se irguió con una exclamación de dolor. Tomó el paquete, avanzó por el atajo oscuro y alcanzó la alameda. Casi corría, y veía el Jardín en torno de ella, con su soberbia impersonalidad. Sacudió los portones cerrados, los sacudía apretando la madera áspera. El cuidador apareció asustado por no haberla visto.

Hasta que no llegó a la puerta del edificio, había parecido estar al borde del desastre. Corrió con la bolsa hasta el ascensor, su alma golpeaba en el pecho: ¿qué sucedía? La piedad por el ciego era muy violenta, como una ansiedad, pero el mundo le parecía suyo, sucio, perecedero, suyo. Abrió la puerta de la casa. La sala era grande, cuadrada, los picaportes brillaban limpios, los vidrios de las ventanas brillaban, la lámpara brillaba: ¿qué nueva tierra era esa? Y por un instante la vida sana que hasta entonces llevara le pareció una manera moralmente loca de vivir. El niño que se acercó corriendo era un ser de piernas largas y rostro igual al suyo, que corría y la abrazaba. Lo apretó con fuerza, con espanto. Se protegía trémula. Porque la vida era peligrosa. Ella amaba el mundo, amaba cuanto fuera creado, amaba con repugnancia. Del mismo modo en que siempre fuera fascinada por las ostras, con aquel vago sentimiento de asco que la proximidad de la verdad le provo-

[1] "Esquilo": pequeño mamífero roedor (N. del T.).

caba, avisándola. Abrazó al hijo casi hasta el punto de estrujarlo. Como si supiera de un mal –¿el ciego o el hermoso Jardín Botánico?– se prendía a él, a quien quería por encima de todo. Había sido alcanzada por el demonio de la fe. La vida es horrible, dijo muy bajo, hambrienta. ¿Qué haría en el caso de seguir el llamado del ciego? Iría sola... Había lugares pobres y ricos que necesitaban de ella. Ella precisaba de ellos...

–Tengo miedo –dijo. Sentía las costillas delicadas de la criatura entre los brazos, escuchó su llanto asustado.

–Mamá –exclamó el niño. Lo alejó de sí, miró aquel rostro, su corazón se crispó.

–No dejes que mamá te olvide –le dijo.

El niño, apenas sintió que el abrazo se aflojaba, escapó y corrió hasta la puerta de la habitación, de donde la miró más seguro. Era la peor mirada que jamás recibiera. La sangre le subió al rostro, afiebrándolo.

Se dejó caer en una silla, con los dedos todavía presos en la bolsa de malla. ¿De qué tenía vergüenza?

No había cómo huir. Los días que ella forjara se habían roto en la costra y el agua se escapaba. Estaba delante de la ostra. Y no sabía cómo mirarla. ¿De qué tenía vergüenza? Porque ya no se trataba de piedad, no era solamente piedad: su corazón se había llenado con el peor deseo de vivir.

Ya no sabía si estaba del otro lado del ciego o de las espesas plantas. El hombre poco a poco se había distanciado, y torturada, ella parecía haber pasado para el lado de los que le habían herido los ojos. El Jardín Botánico, tranquilo y alto, la revelaba. Con horror descubría que ella pertenecía a la parte fuerte del mundo –¿y qué nombre se debería dar a su misericordia violenta? Sería obligada a besar al leproso, pues nunca sería solamente su hermana. Un ciego me llevó hasta lo peor de mí misma, pensó asustada. Sentíase expulsada porque ningún pobre bebería agua en sus manos ardientes. ¡Ah!, ¡era más fácil ser un santo que una persona! Por Dios, ¿no había sido verdadera la piedad que sondeara en su corazón las aguas más profundas? Pero era una piedad de león.

Humillada, sabía que el ciego preferiría un amor más pobre. Y, estremeciéndose, también sabía por qué. La vida del Jardín Botánico la llamaba como el lobisón es llamado por la luna. ¡Oh, pero ella amaba al ciego!, pensó con los ojos humedecidos. Sin embargo, no era con ese sentimiento con el que se va a la iglesia. Estoy con miedo, se dijo, sola en la sala. Se levantó y fue a la cocina para ayudar a la sirvienta a preparar la cena.

Pero la vida la estremecía, como un frío. Oía la campana de la escuela, lejana y constante. El pequeño horror del polvo ligando en hilos la parte inferior del fogón, donde descubrió la pequeña araña. Llevando el florero para cambiar el agua –estaba el horror de la flor entregándose lánguida y asquerosa a sus manos. El mismo trabajo secreto se hacía allí en la cocina. Cerca de la lata de basura, aplastó con el pie una hormiga. El pequeño asesinato de la hormiga. El pequeño cuerpo temblaba. Las gotas de agua caían en el agua quieta de la pileta. Los abejorros de verano. El horror de los abejorros inexpresivos. Alrededor se extendía una vida silenciosa, lenta e insistente. Horror, horror. Caminaba de un lado para otro en la cocina, cortando los bifes, batiendo la crema. En torno a su cabeza, en una ronda, en torno de la luz, los mosquitos de una noche cálida. Una noche en que la piedad era tan cruda como el mal amor. Entre los dos senos corría el sudor. La fe se quebrantaba, el calor del horno ardía en sus ojos.

Después vino el marido, vinieron los hermanos y sus mujeres, vinieron los hijos de los hermanos.

Comieron con las ventanas todas abiertas, en el noveno piso. Un avión estremecía, amenazando en el calor del cielo. A pesar de haber usado pocos huevos, la comida estaba buena. También sus chicos se quedaron despiertos, jugando en la alfombra con los otros. Era verano, sería inútil obligarlos a ir a dormir. Ana estaba un poco pálida y reía suavemente con los otros.

Finalmente, después de la comida, la primera brisa más fresca entró por las ventanas. Ellos rodeaban la mesa, ellos, la familia. Cansados del día, felices al no disentir, bien dispuestos a no ver defectos. Se reían de todo, con el corazón bondadoso y humano. Los chicos crecían admirablemente alrededor de ellos.

Y como una mariposa, Ana sujetó el instante entre lo dedos antes que él desapareciera para siempre.

Después, cuando todos se fueron y los chicos estaban acostados, ella era una mujer inerte que miraba por la ventana. La ciudad estaba adormecida y caliente. Y lo que el ciego había desencadenado, ¿cabría en sus días? ¿Cuántos años le llevaría envejecer de nuevo? Cualquier movimiento de ella, y pisaría a uno de los chicos. Pero con una maldad de amante, parecía aceptar que de la flor saliera el mosquito, que las victorias-regias flotasen en la oscuridad del lago. El ciego pendía entre los frutos del Jardín Botánico.

¡Si ella fuera un abejorro del fogón, el fuego ya habría abrasado toda la casa!, pensó corriendo hacia la cocina y tropezando con su marido frente al café derramado.

–¿Qué fue? –gritó vibrando toda.

El se asustó por el miedo de la mujer. Y de repente rió, entendiendo:

–No fue nada –dijo–, soy un descuidado –parecía cansado, con ojeras.

Pero ante el extraño rostro de Ana, la observó con mayor atención. Después la atrajo hacía sí, en rápida caricia.

–¡No quiero que te suceda nada, nunca! –dijo ella.

–Deja que por lo menos me suceda que el fogón explote –respondió él sonriendo. Ella continuó sin fuerza en sus brazos.

Ese día, a la tarde, algo tranquilo había estallado, y en toda la casa había un clima humorístico, triste.

–Es hora de dormir –dijo él–, es tarde.

En un gesto que no era de él, pero que le pareció natural, tomó la mano de la mujer, llevándola consigo sin mirar para atrás, alejándola del peligro de vivir. Había terminado el vértigo de la bondad.

Había atravesado el amor y su infierno; ahora peinábase delante del espejo, por un momento sin ningún mundo en el corazón. Antes de acostarse, como si apagara una vela, sopló la pequeña llama del día.

(Traducción de Haydée M. JOFRÉ BARROSO)

RUBEM FONSECA

RUBEM FONSECA nació en Minas Gerais en 1925. Estudió en Río de Janeiro y se licenció en Derecho en Estados Unidos. Inició su carrera con *Os prisioneiros*, en 1961, que ganó el premio del Pen Club. No le fue fácil conseguir editor por el realismo y agresividad irónica de sus textos. Ha sido traducido al español, francés e inglés. Entre sus obras: *A colebra do cão* (cuentos, 1965), *Lucia McCartney* (cuentos, 1969), *O caso Morel* (novela, 1973), *Feliz ano novo* (cuentos, 1975), *O cobrador* (cuentos, 1979), *A grande arte* (novela, 1984) y *Vastas emoções e pensamentos imperfeitos* (novela, 1988).

CORAZONES SOLITARIOS

Trabajaba yo en un diario popular, como reportero de la sección Policiales. Hacía mucho tiempo que no sucedía en la ciudad un crimen interesante, involucrando a una rica y linda joven de la sociedad, muertes, desapariciones, corrupción, mentiras, sexo, ambición, dinero, violencia, escándalo.

–Crímenes así, ni en Roma, París o Nueva York –decía el editor del diario–, estamos en una mala época. Pero ya vendrán. La cosa es cíclica; cuando menos se lo espera, estalla uno de aquellos escándalos que dan material para un año. Está todo podrido, a punto. Sólo hay que saber esperar.

Antes del estallido me despidieron.

–Sólo hay pequeños comerciantes que matan al socio, pequeños bandidos que matan a pequeños comerciantes, policías que matan a pequeños bandidos. Cosas pequeñas –le dije a Oswaldo Peçanha, editor-jefe y propietario del diario *Mujer*...

–Hay también meningitis, esquistosomosis, mal de Chagas –dijo Peçanha...

–Pero fuera de mi área –le dije.

–¿Ya leíste *Mujer*? –preguntó Peçanha.

Admití que no. Me gusta más leer libros.

Peçanha sacó una caja de habanos de dentro del cajón y me ofreció uno. Encendimos los habanos. En poco tiempo, el ambiente se volvió irrespirable. Los habanos eran ordinarios, estábamos en verano, con las ventanas cerradas y el aparato de aire acondicionado que no funcionaba bien.

–*Mujer* no es una de esas publicaciones acarameladas para burguesas que hacen régimen. Está hecha para la mujer de Clase C, que come arroz con porotos, y a la que no le importa engordar. Dale un vistazo.

Peçanha me tiró un ejemplar del diario. Formato tabloide, titulares en azul, algunas fotos fuera de foco, fotonovelas, horóscopo, entrevistas con artistas de televisión, corte y confección.

–¿Sería capaz de hacer la sección *De Mujer a Mujer*, nuestro consultorio sentimental? El tipo que la hacía se fue. *De Mujer a Mujer* era firmada por una tal Elisa Gabriela. *Querida Elisa Gabriela, mi marido llega todas las noches borracho y...*

–Creo que puedo –dije.

–Bárbaro. Comienzas hoy. ¿Qué nombre quieres usar?

Pensé un poco.

–Nathanael Lessa.

–¿Nathanael Lessa? –dijo Peçanha, sorprendido y chocado, como si hubiese dicho una mala palabra u ofendido a su madre.

–¿Qué tiene? Es un nombre como cualquier otro. Y estoy rindiendo dos homenajes.

Peçanha pitó el habano, irritado.

–Primero, no es un nombre como cualquier otro. Segundo, no es nombre de Clase C. Aquí sólo usamos nombres del agrado de la Clase C, nombres lindos. Tercero, el diario sólo homenajea a quien yo quiero y no conozco a ningún Nathanael Lessa y, finalmente –la irritación de Peçanha había ido aumentando gradualmente, como si estuviese sacando un cierto provecho de ella– aquí nadie, ni yo mismo, usa seudónimo masculino. ¡Mi nombre es María de Lourdes!

Miré otra vez el diario, incluso el equipo editorial. Sólo había nombres de mujer.

–¿No crees que un nombre masculino da más credibilidad a las respuestas? Padre, marido, médico, sacerdote, patrón, sólo hay hombres diciendo lo que ellas deben hacer, Nathanael Lessa pega más que Elisa Gabriela.

–Es eso mismo lo que no quiero. Aquí ellas se sienten dueñas de su nariz, confían en uno, como si fuésemos todas comadres. Estoy hace veinticinco años en este negocio. No me vengas con teorías no comprobadas. *Mujer* está revolucionando la prensa brasileña, es un diario diferente que no da noticias viejas que pasaron ayer por la televisión.

Estaba tan irritado que no le pregunté qué se proponía *Mujer*. Más tarde o más temprano me lo diría. Yo sólo quería el empleo.

Mi primo, Machado Figueiredo, que también tiene veinticinco años de experiencia, en el Banco del Brasil, acostumbra decir que está siempre abierto a teorías no comprobadas. Yo sabía que *Mujer* debía dinero al banco. Y encima de la mesa de Peçanha había una carta de recomendación de mi primo.

Al oír el nombre de mi primo, Peçanha empalideció. Dio un mordisco en el habano para controlarse, después cerró la boca, pareciendo que iba a silbar, y sus labios gordos temblaron como si tuviese un grano de pimienta en la lengua. Enseguida apretó los dientes y golpeó con la uña del pulgar en la dentadura sucia de nicotina, mientras me miraba de una manera que debía considerar cargada de significados.

–Podría agregar dr. a mi nombre. Dr. Nathanael Lessa.

–¡Cuernos!, está bien, está bien –mascculló Peçanha entre dientes–, comienzas hoy.

Fue así como pasé a formar parte del equipo de *Mujer*.

Mi mesa quedaba cerca de la mesa de Sandra Marina, que firmaba la sección Horóscopo. Sandra era también conocida como Marlene Katia, al hacer entrevistas. Era un muchacho pálido, de largos y ralos bigotes, también conocido como João Albergaria Duval. Había egresado hacía poco tiempo de la escuela de comunicaciones y vivía lamentándose, ¿por qué no estudié odontología, por qué?

Le pregunté si alguien traía las cartas de los lectores a mi mesa. Me dijo que hablase con Jacqueline, en expedición. Jacqueline era un negro grande de dientes muy blancos.

Queda mal ser el único aquí dentro que no tiene nombre de mujer. Van a pensar que soy marica. ¿Las cartas? No hay ninguna carta. ¿Crees que la mujer de Clase C escribe cartas? Elisa las inventaba todas.

Estimado Dr. Nathanael Lessa: Conseguí una beca de estudios para mi hija de diez años, en una escuela superfina del barrio norte. Todas sus compañeritas van a la peluquería, por lo menos una vez por semana. Nosotros no tenemos dinero para eso, mi marido es chofer de ómnibus de la línea Jacaré-Caju, pero dice que va a trabajar extra para mandar a Tania Sandra, nuestra hijita, al peluquero. ¿Usted no cree que los hijos merecen todos los sacrificios? Madre Diligente. Villa Kennedy.

Respuesta: Lave la cabeza de su hijita con jabón de coco y rícele el pelo con pedacitos de papel. Queda como de peluquería. De cualquier manera, su hija no nació para ser una muñequita. A decir verdad, la hija de nadie. Agarre el dinero de las extras y compre alguna cosa más útil: comida, por ejemplo.

Estimado Dr. Nathanael Lessa: Soy bajita, gordita y tímida. Siempre que voy a la feria, al almacén, a la frutería, se burlan de mí. Me engañan en el peso, en el vuelto, el poroto está podrido, la harina de maíz mohosa, cosas así. Yo solía sufrir mucho pero ahora estoy resignada. Dios está con los ojos puestos en ellos y en el juicio final las van a pagar. Doméstica Resignada. Penha.

Respuesta: Dios no está con los ojos puestos en nadie. Tú misma eres quien tiene que defenderse. Sugiero que grites, hagas oír tu voz, haz escándalo. ¿No tienes ningún pariente en la policía? O si no un bandido amigo, también sirve. Búscale la vuelta, gordita.

Estimado Dr. Nathanael Lessa: Tengo veinticinco años, soy dactilógrafa y virgen. Encontré a este muchacho que dice que me ama mucho. Trabaja en el Ministerio de Transportes y dice que quiere casarse conmigo, pero que primero quiere probar. ¿Qué piensa? Virgen Loca, Parada de Lucas.

Respuesta: Fíjate bien, Virgen Loca, pregúntale qué es lo que va a hacer si no le gusta la experiencia. Si dice que te deja, entrégate, pues es un hombre sincero. No eres grosella ni sopa de verdura para que tengas que ser probada, pero, hombres sinceros quedan pocos, vale la pena intentar. Fe y mantente firme.

Fui a almorzar.

Al regreso Peçanha me mandó llamar. Estaba con mis trabajos en la mano.

–Hay algo aquí que no me gusta –dijo.

–¿Qué? –pregunté.

–¡Ah, Dios mío, la idea que la gente se hace de la Clase C! –exclamó Peçanha, balanceando la cabeza pensativamente, mientras miraba el techo y fruncía la boca–. Quienes gustan ser tratadas con malas palabras y puntapiés son las mujeres de la Clase A. Recuerda a aquel lord inglés que dijo que su éxito con las mujeres se debía a que él trataba a las señoras como putas y a las putas como señoras.

–Está bien. Entonces, ¿cómo debo tratar a nuestras lectoras?

–No me vengas con dialéctica. No quiero que las trates como putas. Olvida al lord inglés. Pon alegría, esperanza, tranquilidad y seguridad en las cartas, eso es lo que quiero.

Dr. Nathanael Lessa: Mi marido murió y me dejó una pensión muy pequeña, pero lo que me preocupa es estar sola, a los cincuenta y cinco años de edad. Pobre, fea, vieja y viviendo lejos, tengo miedo de lo que me espera. Solitaria de Santa Cruz.

Respuesta: Grabe esto en su corazón, Solitaria de Santa Cruz: ni el dinero, ni la belleza, ni la juventud, ni un barrio fino dan la felicidad. ¿Cuántos jóvenes ricos y bellos se matan o se pierden en los horrores del vicio? La felicidad está dentro de nosotros, en nuestros corazones. Si somos justos y buenos, encontraremos la felicidad. Sea buena, sea justa, ame al prójimo como a sí misma, sonríale al tesorero del Instituto Nacional de Previsión Social, cuando vaya a cobrar su pensión.

Al día siguiente, Peçanha me llamó y me preguntó si podía, además, escribir la fotonovela.

–Nosotros producimos nuestras propias fotonovelas, no es *fumeti*[1] italiano traducido. Elige un nombre.

Elegí Clarice Simone, eran otros dos homenajes, pero no dije nada de eso a Peçanha.

[1] Sic en el original.

El fotógrafo de las novelas vino a hablar conmigo.

–Mi nombre es Mónica Tutsi –dijo–, pero puedes llamarme Agnaldo. ¿Estás con la papa lista?

Papa era la novela. Le expliqué que Peçanha acababa de comunicarme eso y que necesitaba por lo menos dos días para escribir.

–¿Días? Ja, ja –se rió, haciendo un ruido de perro grande, ronco y domesticado, que le ladra al dueño.

–¿Dónde está la gracia? –pregunté.

Norma Virginia escribía la novela en quince minutos. El tenía una fórmula.

–Yo también tengo una fórmula. Date una vuelta, regresa en quince minutos y tendrás tu novela lista.

¿Qué es lo que pensaba de mí ese fotógrafo idiota? El hecho de haber sido reportero de policiales no significaba que yo fuese una bestia. Si Norma Virginia o cualquiera fuese su nombre, escribía una novela en quince minutos, yo también lo haría.

Había leído todos los trágicos griegos, los ibsens, los o'neills, los beckets, los chejovs, los shakespeares, las *four hundred best television plays*.[2] No tenía más que tomar una idea aquí, otra allí, y listo.

Un niño rico es robado por los gitanos y lo dan por muerto. El chico crece pensando que es un gitano verdadero. Un día encuentra a una muchacha riquísima y los dos se enamoran. Ella vive en una fastuosa mansión y tiene muchos automóviles. El gitanillo vive en una carreta. Las dos familias no quieren que se casen. Surgen conflictos. Los millonarios mandan a la policía a apresar a los gitanos. Uno de los gitanos es baleado por la policía. Un primo rico de la muchacha es asesinado por los gitanos. Pero el amor de los dos jóvenes enamorados es mayor que todas esas vicisitudes. Resuelven huir, romper con sus familias. En la fuga encuentran a un monje piadoso y sabio que consagra la

[2] Sic en el original.

unión de los dos en un antiguo, pintoresco y romántico convento en medio de un bosque florido. Los dos jóvenes se retiran para la cámara nupcial. Son lindos, esbeltos, rubios de ojos azules. Se sacan la ropa. ¡Oh! –dice la chica–, ¿qué es esa cadena de oro con medalla salpicada de brillantes que tienes en el pecho? –¡Ella tiene una medalla igual! ¡Son hermanos!– ¡Tú eres mi hermano desaparecido! –grita la joven. Los dos se abrazan. (Atención Mónica Tutsi: ¿qué tal un final ambiguo haciendo aparecer en la cara de los dos un éxtasis no fraternal? ¿Eh? Puedo también modificar el final y volverlo más sofocleano: los dos sólo descubren que son hermanos después del hecho consumado; desesperada, la joven salta por la ventana del convento, estrellándose allá abajo.)

–Me gustó tu historia –dijo Mónica Tutsi.

–Una pizca de *Romeo y Julieta*, una cucharadita de *Edipo Rey* –dije modestamente.

–Pero no sirve para fotografiar, muchacho. Tengo que hacer todo en dos horas. ¿Dónde voy a conseguir la mansión rica?, ¿los automóviles?, ¿el convento pintoresco?, ¿el bosque florido?

–¿Dónde voy a conseguir –continuó Mónica Tutsi como si no me hubiese oído– los dos jóvenes rubios esbeltos de ojos azules? Nuestros artistas son todos medio mulatos. ¿Dónde voy a conseguir la carreta? Haz otra, muchacho. Vuelvo en quince minutos. ¿Y qué es eso de sofocleano?

Roberto y Betty están comprometidos y van a casarse. Roberto, que es muy trabajador, economizó dinero para comprar un departamento y amueblarlo, con televisión en colores, combinado, heladera, lavarropas, enceradora, licuadora, batidora, máquina de lavar platos, tostadora, plancha automática y secador de cabellos. Betty también trabaja. Ambos son castos. La fecha de casamiento ha sido fijada. Un amigo de Roberto, Tiago, le pregunta: ¿Vas a casarte virgen? Precisas iniciarte en los misterios del sexo. Tiago lleva entonces a Roberto a la casa de la Superputa Betatron. (Atención Mónica Tutsi, el nombre tiene una pizca de ficción científica.) Cuando Roberto llega verifica que la Superputa es

Betty, su noviecita. ¡Oh!, ¡cielos!, sorpresa terrible. Alguien dirá, tal vez el portero: ¡Crecer es sufrir! Fin de la novela.

–Una palabra vale por mil fotografías –dijo Mónica Tutsi–, a mí me toca siempre la peor parte. Ya vuelvo.

Dr. Nathanael: Me gusta cocinar. Me gusta mucho también bordar y hacer crochet. Pero por sobre todo me gusta colocarme un vestido largo de baile, pintar mis labios con rouge carmesí, ponerme bastante colorete, pasarme rimmel en los ojos. Ah, ¡qué sensación! Es una pena que tenga que quedarme encerrado en mi cuarto. Nadie sabe que me gusta hacer esas cosas. ¿Estoy equivocado? Pedro Redgrave. Tijuca.

Respuesta: ¿Equivocado, por qué? ¿Estás haciendo mal a alguien con eso? Tuve ya otro consultante al que le gustaba vestirse de mujer. Llevaba una vida normal, productiva y útil a la sociedad, tanto que llegó a ser obrero modelo. Viste tus vestidos largos, pinta tu boca de escarlata, pon color en tu vida.

–Todas las cartas deben ser de mujeres –advirtió Peçanha.

–Pero ésa es verdadera –dije.

–No lo creo.

Le entregué la carta a Peçanha. La miró poniendo cara de tira que examina un billete groseramente falsificado.

–¿Crees que sea una broma? –preguntó Peçanha.

–Puede ser –dije–. Y puede no ser.

Peçanha puso cara de reflexión. Después añadió:

–Agrega en tu carta una frase animadora, como por ejemplo, escribe siempre.

Me senté a la máquina.

Escribe siempre, Pedro, sé que ese no es tu nombre, pero no importa, escribe siempre, cuenta conmigo. Nathanael Lessa.

–Diablos –dijo Mónica Tutsi–, fui a hacer tu dramón y me dijeron que está calcado en un film italiano.

–Canallas, sucios babosos, sólo porque fui reportero de policiales me llaman plagiario.

– Calma, Virginia.

–¿Virginia? Mi nombre es Clarice Simone –dije–. ¿Qué cosa más idiota es esa de pensar que sólo las novias de los italianos son putas? Pues mira, ya tuve oportunidad de conocer una novia de esas bien serias, era hasta hermana de caridad, y fueron a ver: resultó que también era puta.

–Está bien muchacho, voy a fotografiar la historia. ¿La Betatron puede ser mulata? ¿Qué es Betatron?

–Tiene que ser pelirroja, pecosa. Betatron es un aparato para la producción de electrones, dotado de gran potencial energético y alta velocidad, activado por la sección de un campo magnético que varía rápidamente –dije.

–¡Diablos! Ese es un nombre de puta –dijo Mónica Tutsi con admiración, retirándose.

Comprensivo Nathanael Lessa: He usado gloriosamente mis vestidos largos. Y mi boca ha estado roja como la sangre de un tigre y el despertar de la aurora. Estoy pensando en usar un vestido de satén e ir al Teatro Municipal. ¿Qué piensas? Ahora voy a hacerte una maravillosa y gran confidencia, pero quiero que mantengas el mayor secreto sobre mi confesión. ¿Lo juras? No sé si decirlo o no. Toda mi vida he sufrido las mayores desilusiones por creer en los otros. Soy, básicamente, una persona que no perdió su inocencia. La perfidia, la estupidez, el impudor, las canalladas, me chocan mucho. Oh, cómo me gustaría vivir aislada en un mundo utópico hecho de amor y bondad. Mi sensible Nathanael, déjame pensar. Dame tiempo. En la próxima carta te contaré más, todo, tal vez. Pedro Redgrave.

Respuesta: Pedro. Aguardo tu carta con tus secretos, que prometo guardar en las arcas inviolables de mi recóndita conciencia. Continúa así, enfrentando altanero la envidia y la insidiosa alevosía de los pobres de espíritu. Adorna tu cuerpo sediento de sensualidad, ejerciendo los desafíos de tu corajuda mente.

Peçanha preguntó:

–¿Estas cartas también son verdaderas?

–Las de Pedro Redgrave lo son.

–Extraño, muy extraño –dijo Peçanha golpeando con las uñas en los dientes–, ¿qué es lo que crees?

–No creo nada –dije.

El parecía estar preocupado por algo. Me hizo preguntas sobre la fotonovela sin interesarse, no obstante, por las respuestas.

–¿Qué tal la carta de la cieguita? –pregunté.

Peçanha agarró la carta de la cieguita y mi respuesta y leyó en voz alta: Querido Nathanael: No puedo leer lo que tú escribes. Mi abuelita adorada me lee todo. Pero no pienses que soy analfabeta. Soy cieguita. Mi querida abuelita está escribiendo la carta por mí, pero las palabras son mías. Quiero enviar una palabra de consuelo a tus lectores, para que ellos, que sufren tanto con pequeñas desgracias, se miren en mi espejo. Soy ciega pero feliz, estoy en paz, con Dios y con mis semejantes. Felicidades para todos. Viva el Brasil y su Pueblo. Cieguita Feliz. Camino del Unicornio. Nueva Iguazú. Postdata: Olvidé decir que también soy paralítica.

Peçanha encendió un habano.

– Conmovedor, pero Camino del Unicornio suena a falso. Quedaría mejor que colocaras Camino del Catavento, o algo así. Veamos ahora tu respuesta.

Cieguita Feliz, felicitaciones por tu fuerza moral, por tu fe inquebrantable en la felicidad, en el bien, en el pueblo y en el Brasil. Las almas de aquellos que se desesperan en la adversidad deberían nutrirse de tu edificante ejemplo, un haz de luz en las noches de tormenta.

Peçanha me devolvió los papeles.

–Tu futuro está en la literatura. Esto es de gran escuela. Aprende, aprende, dedícate, no te desanimes, suda tu camisa.

Me senté a la máquina:

Tesio, bancario, vive en la Boca do Mato, en Lins de Vasconcelos; casado en segundas nupcias con Frederica; tiene un hijo, Hipólito, del primer matrimonio, Frederica se enamora de Hipólito. Tesio descubre el amor pecaminoso de los dos. Frederica se ahorca en el árbol de la quinta de la casa. Hipólito pide perdón a su padre, huye de su casa y vaga desesperado por las calles de la ciudad cruel hasta ser atropellado y muerto en la Avenida Brasil.

–¿Cuál es el condimento aquí? –preguntó Mónica Tutsi.

–Eurípides, pecado y muerte. Voy a contarte una cosa: conozco el alma humana y no preciso a ningún griego viejo para inspirarme. Para un hombre de mi inteligencia y sensibilidad basta con mirar a su alrededor. Mírame bien a los ojos. ¿Has visto ya alguna persona más alerta, más despierta?

Mónica Tutsi me miró bien a los ojos y dijo:

–Creo que estás loco.

Continué:

–Cito los clásicos apenas para mostrar mi conocimiento. Como fui reportero de policiales, si no hago eso los cretinos no me respetan. Leí millares de libros. ¿Cuántos libros crees que leyó Peçanha?

–Ninguno, ¿Frederica puede ser negra?

–Buena idea. Pero Tesio e Hipólito tienen que ser blancos.

Nathanael: Amo, un amor prohibido, un amor interdicto, un amor secreto, un amor escondido. Amo a otro hombre. Y él también me ama. Pero no podemos andar por la calle tomados de las manos, como los otros, besarnos en los jardines y en los cines, como los otros, acostarnos abrazados en las arenas de las playas, como los otros, bailar en boites, como los otros. No podemos casarnos, como los otros, y juntos enfrentar la vejez, la enfermedad y la muerte, como los otros. No tengo fuerzas para resistir y luchar. Es mejor morir. Adiós. Esta es mi última carta. Haz rezar una misa en mi memoria. Pedro Redgrave.

Respuesta: ¡Vamos, Pedro! ¿Vas a renunciar ahora que encontraste el amor? Oscar Wilde sufrió como el diablo, fue desmoralizado, ridiculizado, humillado, procesado, condenado, pero aguantó. Si no puedes casarte, júntate. Hagan testamento, uno en favor del otro. Defiéndanse. Usen la Ley y el Sistema en vuestro beneficio. Sean, como los otros, egoístas, disimulados, implacables, intolerantes e hipócritas. Exploten. Despojen. Es en legítima defensa. Pero, por favor, no hagas ningún gesto alocado.

Hice llegar a Peçanha la carta y la respuesta. Las cartas sólo eran publicadas con su visto.

Mónica Tutsi apareció con una muchacha.

–Esta es Mónica –dijo Mónica Tutsi.

–Qué coincidencia –dije.

–Coincidencia, ¿qué cosa? –preguntó Mónica, señalando al fotógrafo.

–Que tengan el mismo nombre –dije.

–¿El se llama Mónica? –preguntó Mónica, señalando al fotógrafo.

–Mónica Tutsi. ¿También eres Tutsi?

–No. Mónica Amelia.

Mónica Amelia se quedó mordiéndose una uña y mirando a Mónica Tutsi.

–Me dijiste que tu nombre era Agnaldo –dijo.

–Afuera soy Agnaldo. Aquí dentro soy Mónica Tutsi.

–Mi nombre es Clarice Simone –dije.

Mónica Amelia nos observó atentamente, sin entender nada. Veía a dos personas circunspectas, demasiado cansadas para bromas, desinteresadas por el propio nombre.

–Cuando me case, mi hijo o mi hija se va a llamar Hei Psiu –dije.

–¿Es un nombre chino? –preguntó Mónica.

–O Fiu Fiu –silbé.

–Te estás volviendo nihilista –dijo Mónica Tutsi, retirándose con la otra Mónica.

Nathanael: ¿Sabes lo que es que dos personas se gusten? Eso éramos nosotros dos, yo y María. ¿Sabes lo que son dos personas perfectamente sincronizadas? Esas éramos nosotros dos, yo y María. Mi plato preferido es arroz, poroto, coliflor, harina de mandioca y longaniza frita. ¿Imagina cuál era el de María? Arroz, poroto, coliflor, harina de mandioca y longaniza frita. Mi piedra preciosa preferida es el rubí. La de María, lo debes imaginar, era también el rubí. Número de la suerte 7, color el azul, día lunes, film de far-west, libro *El Principito*, bebida chop, colchón el Anatom, Club el "Vasco da Gama", música el samba, pasatiempo el Amor, todo igual entre yo y ella, una maravilla. Lo que nosotros hacíamos en la cama, muchacho, no es por ufanarme, pero si hubiésemos estado en un circo y cobrado entrada, nos volvíamos ricos. En la cama ninguna pareja fue presa de tamaña locura, resplandeciente, capaz de desempeño tan hábil, imaginativa, original, obstinada, esplendorosa y gratificante como la nuestra. Y lo repetíamos varias veces por día. Pero no era sólo eso lo que nos unía. Si te faltara una pierna, continuaría amándote, me decía ella. Si fueras jorobada, no dejaría de amarte, respondía yo. Si fueses sordomudo, continuaría amándote, decía ella. Si fueras bizca no dejaría de amarte, respondía yo. Si fueses barrigón y feo, continuaría amándote, decía ella. Si estuvieses toda marcada de viruela, no dejaría de amarte, respondía yo. Si fueses viejo e impotente, continuaría amándote, decía ella. Y estábamos intercambiando esos juramentos cuando una voluntad de ser verdadero me golpeó hondo como una puñalada y le pregunté: ¿si no tuviese dientes, me amarías? y ella respondió, si no tuvieses dientes continuaría amándote. Entonces me saqué la dentadura y la puse encima de la cama, en un gesto grave, religioso y metafísico. Nos quedamos los dos mirando la dentadura, encima de la sábana, hasta que María se levantó, se colocó el vestido y dijo: voy a comprar cigarrillos. Hasta hoy no volvió. Nathanael, explícame lo que sucedió. ¿El amor acaba de repente? Algunos dientes, míseros pedacitos de marfil, ¿valen tanto? Odontos Silva.

Cuando iba a responder, apareció Jacqueline y dijo que Peçanha me estaba llamando.

En la sala de Peçanha había un hombre de anteojos y barba.

–Este aquí es el Dr. Pontecorvo, que se dedica a... ¿a qué se dedica usted? –preguntó Peçanha.

–Investigación motivacional –dijo Pontecorvo–. Como le iba contando, nosotros hacemos un relevamiento de las características del universo que estamos investigando. Por ejemplo, ¿quién es el lector de *Mujer*? Vamos a suponer que es la mujer de Clase C. En nuestras pesquisas anteriores ya investigamos todo sobre la mujer de Clase C, dónde compra sus alimentos, cuántas bombachitas tiene, a qué hora hace el amor, a qué hora ve televisión, los programas de televisión que prefiere, en fin, un perfil completo.

–¿Cuántas bombachitas tiene? –preguntó Peçanha.

–Tres –respondió Pontecorvo sin vacilar.

–¿A qué hora hacer el amor?

–A las 21.30 –respondió Pontecorvo rápidamente.

–Y, ¿cómo hacen ustedes para descubrir todo eso? ¿Llaman a la puerta de Doña Aurora, entran en los monobloques del Instituto Nacional de Previsión Social; ella abre la puerta y ustedes dicen, buenos días Doña Aurora, a qué hora se pega su encamada? Oiga, amigo, estoy hace veinticinco años en este negocio y no preciso que nadie venga a decirme cuál es el perfil de la mujer de Clase C. Lo sé por experiencia propia. Ellas compran mi diario, ¿entiende? Tres bombachitas... ¡Ja!

–Usamos métodos científicos de investigación. Tenemos sociólogos, psicólogos, antropólogos, estadígrafos y matemáticos en nuestro staff –dijo Pontecorvo, imperturbable.

–Todo para sacarles dinero a los ingenuos –dijo Peçanha con mal disimulado desprecio.

–Además, antes de venir para acá, reuní algunas informaciones sobre su diario, que supongo serán de su interés –dijo Pontecorvo.

–¿Cuánto cuesta? –preguntó Peçanha con sarcasmo.

–Esta información se la doy gratis –dijo Pontecorvo. El hombre parecía de hielo–. Nosotros hicimos una minipesquisa sobre sus lectores y, a pesar del tamaño reducido del muestreo, puedo asegurarle, sin lugar a dudas, que la gran mayoría, la casi totalidad de sus lectores, está compuesta por hombres de la Clase B.

–¿Qué? –gritó Peçanha.

–Eso mismo, hombres de la Clase B.

Primero, Peçanha empalideció. Después fue enrojeciendo hasta quedar morado como si lo estuviesen estrangulando, la boca abierta y los ojos desencajados; se levantó de su silla, caminó tambaleante, los brazos abiertos como un gorila enfurecido en dirección a Pontecorvo. Una visión chocante, aun para un hombre de acero, como Pontecorvo, o para un ex reportero de policiales. Pontecorvo retrocedió ante el avance de Peçanha hasta que, de espaldas en la pared, dijo, intentando mantener la calma y la compostura:

–Tal vez nuestros técnicos se hayan equivocado.

Peçanha, que estaba a un centímetro de Pontecorvo, tuvo un violento temblor y, al contrario de lo que yo esperaba, no se tiró sobre el otro como un perro enloquecido. Agarró sus propios cabellos con fuerza y comenzó a arrancarlos, mientras gritaba farsantes, tunantes, ladrones, aprovechadores, mentirosos, canallas. Pontecorvo se escabulló ágilmente en dirección a la puerta, en tanto Peçanha corría detrás de él tirándole los mechones de cabellos que había arrancado de su propia cabeza.

–¡Hombres! ¡Hombres! ¡Clase B! –gruñía Peçanha con aires de loco.

Después, ya serenado, creo que Pontecorvo huyó por las escaleras, Peçanha volvió a sentarse detrás de su escritorio y me dijo:

–Es a ese tipo de gente a la cual el Brasil está entregado; manipuladores de estadísticas, falsificadores de informaciones, bromistas con sus computadoras, todos creando la Gran Mentira. Pero conmigo no la van. Coloqué al hipócrita en su lugar, ¿no es cierto?

Dije cualquier cosa, concordando. Peçanha sacó la caja de matarratones de su cajón y me ofreció uno. Nos quedamos fumando y conversando sobre la Gran Mentira. Después me dio la carta de Pedro Redgrave y mi respuesta, con su visto bueno, para que la llevase a composición.

A mitad de camino, verifiqué que la carta de Pedro Redgrave no era la que yo le había entregado. El texto era otro:

Estimado Nathanael, tu carta fue un bálsamo para mi corazón afligido. Me dio fuerzas para resistir. No cometeré ningún acto enloquecido, prometo que...

La carta terminaba ahí. Había sido interrumpida en el medio. Extraño. No lo entendí. Algo andaba mal.

Me dirigí a mi mesa, me senté y comencé a escribir la respuesta a Odontos Silva: Quien no tiene dientes tampoco tiene dolor de dientes. Y, como dijo el héroe de la conocida pieza *Papo Furado*[3], no hubo nunca un filósofo que pudiese aguantar con paciencia un dolor de dientes. Además, los dientes son también instrumentos de venganza, como dice el Deuteronomio: ojo por ojo, diente por diente, mano por mano, pie por pie. Los dientes son despreciados por los dictadores. Recuerda lo que Hitler le dijo a Mussolini sobre un nuevo encuentro con Franco: Prefiero arrancarme cuatro dientes. Temes estar en la situación del héroe de aquella pieza *Tudo legal se no Fim Ninguem se Ferra*[4] sin dientes, sin gusto, sin nada. Consejo: ponte los dientes nuevamente y muerde. Si la dentellada no es buena, da gritos y puntapiés.

Estaba ya en la mitad de la carta de Odontos Silva cuando entendí todo. Peçanha era Pedro Redgrave. En vez de devolverme la carta en que Pedro me pedía que le mandase rezar una misa y que yo le había entregado junto con mi respuesta en la que hablaba sobre Oscar Wilde, Peçanha me había entregado una nueva carta, incompleta, ciertamente por error, y que debería llegar a mis manos por correo.

Tomé la carta de Pedro Redgrave y fui hasta la sala de Peçanha.

–¿Puedo entrar? –pregunté.

–¿Qué pasa? Entra –dijo Peçanha.

Le entregué la carta de Pedro Redgrave. Peçanha leyó la carta y percibiendo el error que había cometido empalideció, como era su costumbre. Nervioso, revolvió los papeles sobre su mesa.

–Todo era una broma –dijo después, intentando encender un habano–. ¿Estás enojado?

–En serio o en broma, me da lo mismo –dije.

–Mi vida serviría para escribir una novela... –dijo Peçanha–. Esto queda entre nosotros dos. ¿Está claro?

[3] El Charleta Falluto.

[4] Todo bien si al final nadie se embroma.

No sabía bien lo que él quería que quedase entre nosotros dos, si el que su vida sirviera para escribir una novela o el hecho de ser Pedro Redgrave. Pero respondí:

–Claro, entre nosotros dos.

–Gracias –dijo Peçanha. Y soltó un suspiro que cortaría el corazón de cualquiera que no fuese un ex reportero de policiales.

(Traducción de ANDREA DIESSLER)

NELIDA PIÑON

NELIDA PIÑON, descendiente de españoles, nació en Río de Janeiro en 1935. Publica sin interrupción desde 1961, con éxito creciente. Sus obras han sido traducidas al español, alemán, francés, inglés, polaco, danés y sueco. Entre ellas: *Guia-mapa de Gabriel Arcanjo* (novela, 1961), *Madeira feita cruz* (novela, 1963), *Tempo das frutas* (novela, 1966), *O fundador* (novela, 1969), *A casa da paixão* (novela, 1972), *Sala de armas* (cuentos, 1973), *Tebas do meu coração* (novela, 1974), *A força do destino* (novela, 1978), *O calor das coisas* (cuentos, 1980), *A República dos sonhons* (novela, 1984), *A Doce canção de Caetana* (novela, 1987).

EL CORTEJO DE LO DIVINO

Sometan a la mujer a expiación. El decía sollozando. La celda, un poco mayor que el cuerpo. Amarraron sus muñecas y le enseñaron que debía mantenerse arrodillado. Hasta que confesase.

–Sí, es amor, y ustedes no lo saben.

De madrugada bebió leche, imitando al gato. Hartóse del líquido, como si mamase de las tetas de todos los animales sumisos. "Todavía no estoy libre", pensó en un último esfuerzo. Y quiso la libertad, cantar y decir:

–Yo amé hasta que Dios fuese olvidado.

La imagen lo exaltó. La voluptuosidad de vencer lo divino por el poder de la carne. Las paredes de piedras todas rayadas con gritos, llantos y arañazos de uñas y tenedor. Durante el día, aunque lo liberasen de las cuerdas, no le consintieron ejercicios. Cuando buscaba estirar el cuerpo, le prohibían que pretendiese una apariencia de victoria. Su espacio reducido era castigo, decían las miradas. No le importó, pero les dijo:

–He de amar hasta la naturalidad.

La audacia del hombre, además del llanto, despertaba la risa también. Pero no le arrancaban la historia: "Que confiese al menos", reclamaban los guardianes. Una que otra vez aquellas palabras dispersas, que nadie dilucidaba, pero que aún habrían de contaminar la tierra.

Se esforzaban por interpretar el texto del hombre. Por el deseo de alcanzar la verdad. Pero siempre que su grito furioso liberaba la violencia, y corría el peligro de confesar, les probaba, con la mirada, gesto, o palabras más perdidas aún, que en él había permanentemente sordas contradicciones. El alimento formaba una masa en el estómago. Era su gran pasto. Les había explicado una mañana más feliz.

La desesperación del hombre como que anunciaba: "estoy libre del miedo, puesto que montaña firme osa recibirme". Todavía le preguntaron cómo procedería en caso de que trajeran a la mujer.

–Con garras y dientes su profunda respuesta.

Temieron tamaño desafío. Que cuando se viesen los dos, exhibiese el amor enunciados tales que ningún otro hombre de la tierra practicaría un día los mismos actos, sin conocer desdicha y repulsa por el propio sentimiento. Aquel hombre impedía que otros también amasen, había sido la sentencia condenatoria del juez. De ahí que se comprendiera la cautela de las autoridades ante la excentricidad merecedora de castigo.

Al quinto día, su carne aún regurgitaba. A pesar de las muñecas casi siempre amarradas. Hasta que su mirada los insultó de tal modo que lo liberaron. Y fue el delirio. El hombre convertía la celda en el paraíso. Adoptó extrañas actitudes, después de habitar el subsuelo. Pero la exaltación de aquella alegría también terminó conmoviendo a los carceleros. ¿Quién podía quedar insensible ante la pérdida de la razón? Ante la forma de apreciar del raro animal. Nunca se conoció otro hombre así. El primero tal vez en toda la tierra. Al que se debía castigar.

La mujer, aun cuando reaccionase, comprendió que nunca más lo vería, según las reglas de la ciudad. Caminaba día y noche, porque su prisión, diferente de la de él, en el antiguo convento de la ciudad, era espaciosa. En el juicio, el juez no había osado fijarse en la mujer, explicando a la comunidad que no conseguía evitar la repulsión que ella le causaba. Aquella criatura había inventado un amor que los de la tierra no podían seguir. Por lo que todos también lo habían imitado en el desprecio. Pues el hombre y la mujer les despertaban los sentimientos más difíciles: bastaba observarlos para conocer la vergüenza, aquella inseparable nostalgia de los que perdieron el paraíso.

La denuncia había surgido cuando se descubrió aquella vehemencia. El hecho de que el hombre y la mujer hubieran adoptado hábitos amorosos que contrariaban todo lo que se había inventado hasta entonces; al menos ésta era la sospecha general. Y no habían hesitado en sonreír inclusive cuando los prendían, como obedeciendo sus reglas imperiosas. No les importaba habitar la caverna, o salones reales. Y siempre que los cuestionaban sobre sus razones secretas, enmudecían de tanto orgullo, la mirada firme dirigida a la tierra que les parecía reducida, los demás seres en eclipse.

Evidencias confirmaban que no habían abandonado el cuarto en el que estaban amándose por un período superior a cuatrocientos días, sin que sus pieles perdiesen el color de las manzanas. Una sola voz en la ciudad había protestado contra la arbitrariedad: ¿qué les importa la exageración, no es así como se conoce el amor?

La ciudad los había llevado esposados. Ante los enemigos, durante el juicio, se habían comportado como animales que se odiaban, pero por la profunda alegría del reencuentro. Ya no vivían el uno sin el otro. La ciudad consideraba todo acto indecente por su porción de misterio. Especialmente después de descubrir en la casa objetos de origen desconocido, perfumes raros, las paredes revestidas de pieles de animales jamás registradas en aquellas regiones.

–Entonces, además de amantes, ¿también son brujos?

En la prisión, comenzó el hombre a adelgazar después del primer mes del desconsuelo. Y le pedían aún: "confiesa, ¿qué amor es ese que practicaban, para que la ciudad se ofenda y todos sientan vergüenza?"

El cura dijo a la mujer:

–¿Está bien lo que hiciste, o simplemente ofendiste al Señor?

La mujer se echó al suelo, contemplaba el techo, y dijo: –Ah, amor –y se perdió, yendo tan lejos, un delirio delicado, nada obsceno, que el cura huyó y confesó más tarde:

–Vivimos un grave peligro, qué somos, sino sombras.

Cuando comenzaron a amenazarlo con la muerte de la mujer a menos que hablase, se rasgó los ojos con el tenedor y aquella masa roja causaba aprensión. Ni la muerte arrebata a una criatura así, y huyeron pidiendo al mismo cura que desde entonces cuidase al hombre y su invencible ceguera. Tenían miedo y en su compañía sólo vislumbraban penumbras. Relataron a la mujer aquel gesto. Ella no hizo censuras, una sonrisa benigna le inundó el rostro y confesó:

–Sabía de su poder, pero no lo imaginé tan invencible.

Cantó hasta el día siguiente, como si conmemorase la ceguera del hombre. El heroísmo inútil, decía la población, hacía mucho incapaz de hacer el amor por el remordimiento y precariedad que sus cuerpos registraban, y ahora también condenada a la oscuridad. Pues les parecía el sol más frágil, tan sólo una luz pálida invadía las casas desde las primeras horas del día, como si la noche mal los hubiese abandonado.

Y por pretender liberarse de aquel extraño poder, valíanse de todos los recursos, algunos por pura imitación pasaron a vivir días seguidos dentro de los cuartos, aunque el tedio les invadiese el alma. No se soportaban mutuamente, pero muchas voces ya se pronunciaban: –Suelten a la mujer, y al hombre también. Y no que los moviese la piedad, pues ya había pasado un año, sino por desear conocerlos en régimen de libertad. El juez aceptó que se procediese según los clamores siempre más fuertes del pueblo.

El día fijado, ella vino del convento acompañada de pequeña multitud, él arrastrándose por las paredes fue abandonado en el patio de la prisión. El pueblo apreciaría el encuentro. No le habían dicho al hombre que además de soportar la ceguera, la súbita libertad, también reencontraría a la mujer, confesión reservada para cuando los viesen juntos, en mutuas efusiones perdiendo cualquier maravilla.

La mujer se colocó al lado del hombre, y lo observó como si él fuese una piedra. Y como si aún contase con los ojos, el hombre se dirigió adonde ella estaba, orientado tal vez por el olor, y parecían estatuas de sal. Fueron andando sin intercambiar palabras. Ella al frente haciendo ruido con los zapatos, para que él, que en aquellos meses seguramente había aguzado sus percepciones, viniese detrás y la siguiese sin que ella lo ayudase.

El pueblo se resentía con el espectáculo de la indiferencia. De la dignidad, añadió el mismo hombre que siempre los defendió. Aun cuando confíase en que pronto habrían ellos de revelar la verdad de su amor a través de algún gesto furtivo, que todos estarían listos para registrar. Y comenzaron a seguirlos por donde se dirigiesen. Cuando se detenían en el camino, velaban toda la noche para sorprenderlos. No soportaban que actuasen obedeciendo extrañas transacciones, que armonías profundas agarrasen criaturas y las tornasen espejo a una de la otra.

A partir de aquel día, jamás se tocaron una sola vez, o se dijeron una palabra. Ni ella lo ayudó, por el hecho de que él ahora exigiera trato especial. O él, que había cuidado de elevar el orgullo hasta las montañas más avanzadas, extendió la mano para pedir socorro. Y cuando se hacía más discreto el ruido de la mujer, por razones del suelo tal vez, o por la extenuación de la caminata y de la miseria en que ahora vivían, y se desplomaba él en el suelo, palpando las piedras, ella se quedaba simplemente mirando, sin que se registrase en su rostro expresión de dolor, o disposición de ayudarlo. Se erguía solo el hombre y su mirada jamás reveló una agonía, parecía comprender que ella actuaba según su salvación.

Tampoco procuraron huir de la ciudad, para entregarse al amor que por tanto tiempo habían defendido. Antes bien, distribuían por la ciudad la visión diaria de su vida común. De modo que la ciudad, que los seguía con el propósito de descubrir el origen de semejante fuerza, de dónde provenía tanta astucia, terminó desesperándose con aquel paisaje desolador. No exactamente constituido por el hombre y la mujer, cuyos cuerpos se consumían como si estuviesen aún dentro del cuarto perdidos en largos episodios de amor, para esto alimentados por poderosa memoria que además de escudriñar el pasado los traía al presente sin cualquier ruptura. Sino por la propia ciudad ya sin condiciones de resistirse a ellos.

Vivían ellos de frutas, raíces, y todo alimento que la ciudad les dejaba en el camino para que lo tomasen, allí quedaba hasta pudrirse. Y siempre que un extraño los tocaba, sus cuerpos agonizaban como si regresasen a la prisión. Los pájaros y los animales sí les lamían las piernas, y se manifestaban.

No se descuidaban ellos un minuto del castigo. Tampoco se escondían atrás de árboles, cavernas. Buscaban el descampado, las plazas, las calles anchas, para que no creyesen que entre ellos se había establecido aunque brevemente cualquier comunicación, o gesto de amor. La procesión detrás testimoniaba la lisura de aquel proceder. Aunque algunos dijesen hasta cuándo resistirían, si no sería inútil el cortejo, y otros proclamasen pero qué amor es éste que nos devora, y ya no existimos.

Hasta que ofrecieron al hombre un cayado, para que se defendiese de la oscuridad. El lo arrojó lejos, pero los que lo seguían pasaron a adoptar el hábito de apoyarse en bastones, cayados, lo que fuese de madera. Querían ellos el sacrificio, y algunos de tan exagerados se colgaban de los árboles, allí quedando amarrados algunas horas sufriendo sed y la desesperación de los músculos.

Ellos no obstante reposaban sobre piedras, sin que jamás en los últimos tiempos ella mirase al compañero. Pues no solamente la mujer había alcanzado la perfección en la cuestión de los ruidos, para que él se hiriese siempre menos, sino que lo imitaba asimilando solidaria su ceguera, buscando salirles al encuentro a las ramas espinosas que lo habían herido antes, de modo que el dolor del hombre también se transmitiese a su cuerpo. Ambos acentuaban los desastres de ciertas formas físicas, y viéndolos sangrar la ciudad sufría en su permanente cortejo.

Nadie más soportaba aquella altiva resistencia. Los dos rostros destilaban un placer diario, pero de furia tan esquiva que se resguardaba, y jamás se vio su lujuria. Hasta que el alcalde dijo:

–Ellos vencieron y no los seguiremos más. Si quieren, podemos inclusive matarlos.

La proposición fue rehusada. Aquel amor aún habría de agotarse un día, defendían ellos ahora todo estigma. Detrás de ellos, el cortejo visitaba calles, campos, cazando mariposas, maravillas. El sentimiento de lo divino. No obstante viviesen el hombre y la mujer en la oscuridad.

MARINA COLASANTI

MARINA COLASANTI nació en Asmara (Etiopía) en 1937. A los dos años su familia se fue a vivir a Italia. A los once fue a Brasil, a Río de Janeiro. Publica, desde 1961, relatos destinados a los niños y crónicas para adultos. Entre sus obras: *Eu Sozinha* (crónicas, 1961), *Nada na Manga* (crónicas, 1974), *Zoilógico* (cuentos, 1975), *A Morada do Ser* (cuentos, 1978), *Uma Idéia Toda Azul* (cuento infantil, 1979), *A Nova Mulher* (crónicas, 1980), *Mulher daqui pra frente* (crónicas, 1981) y *Doze Reis e a Moça no Labirinto do Vento* (relato para jóvenes, 1982).

LA MOZA TEJEDORA

(Del libro *Doze reis e a moça no labirinto do vento*)

Despertaba aún en lo oscuro, como si oyese al sol llegando detrás de las orillas de la noche. Y luego se sentaba en el telar.

Hebra clara para comenzar el día. Delicado trazo de luz, que iba pasando entre los hilos extendidos, mientras allá afuera la claridad de la mañana dibujaba el horizonte.

Después lanas vivas, calientes lanas se iban tejiendo hora a hora, en largo tapiz que nunca acababa.

Si era fuerte por demás el sol y en el jardín colgaban los pétalos, la joven colocaba en la lanzadera gruesos hilos cenicientos del algodón más felpudo. En breve, en la penumbra traída por las nubes, escogía un hilo de plata, que en puntos largos rebordaba sobre el tejido. Leve, la lluvia acudía a saludarla en la ventana.

Pero si durante muchos días el viento y el frío peleaban con las hojas y espantaban a los pájaros, le bastaba a la joven tejer con sus bellos hilos dorados, para que el sol volviese a calmar la naturaleza.

Así, tirando la lanzadera de un lado para otro y batiendo los grandes dientes del telar para el frente y hacia atrás, la muchacha pasaba sus días.

Nada le faltaba. En la hora del hambre tejía un lindo pez, con cuidado de escamas. Y he aquí que el pez estaba en la mesa, listo para ser comido. Si la sed venía, suave era la lana color de leche que mezclaba en el tapiz. Y a la noche, después de lanzar su hilo de oscuridad, dormía tranquila.

Tejer era todo lo que hacía. Tejer era todo lo que quería hacer.

Pero tejiendo y tejiendo, ella misma trajo el tiempo en que se sintió sola, y por primera vez pensó qué bueno sería tener un marido al lado.

No esperó al día siguiente. Con el primor de quien intenta una cosa nunca conocida, comenzó a intercalar en el tapiz las lanas y los colores que le darían compañía. Y poco a poco su dibujo fue apareciendo: sombrero emplumado, rostro barbado, cuerpo erguido, zapato pulido. Estaba justamente colocando el último hilo, cuando tocaron a la puerta.

Ni siquiera necesitó abrir. El hombre puso la mano en el pomo, se quitó el sombrero de plumas y fue entrando en su vida.

Aquella noche, recostada sobre el hombro de él, la joven pensó en los lindos hijos que tejería para aumentar todavía más su felicidad.

Y feliz fue por algún tiempo. Pero si el hombre había pensado en hijos, luego los olvidó. Descubierto el poder del telar, en nada más pensó, a no ser en las cosas todas que él podía darle.

–Una casa mejor es necesaria, le dijo a la mujer. Y parecía justo, ahora que eran dos. Exigió que escogiese las más bellas lanas de color de ladrillo, hilos verdes para los batientes y prisa para que la casa aconteciese.

Pero lista la casa, ya no le pareció suficiente.

–¿Por qué tener casa si podemos tener palacio? –preguntó.

–Sin querer respuesta, inmediatamente ordenó que fuese la piedra con remates de plata.

Días y días, semanas y meses, la muchacha trabajó, tejiendo techos y puertas, y patios y escaleras, y salas y pozos. La nieve caía allá afuera y ella no tenía tiempo de llamar al sol. La noche llegaba y ella no tenía tiempo para rematar el día. Tejía y entristecía, mientras, sin parar, batían los dientes acompañando el ritmo de la lanzadera.

Al final el palacio quedó concluido. Y entre tantos lugares, el marido escogió para ella y su telar el cuarto más alto de la más alta torre.

–Es para que nadie sepa del tapiz –dijo. Y antes de cerrar la puerta con llave advirtió–: Faltan las caballerizas y no olvides los caballos.

Sin descanso tejía la joven los caprichos del marido, llenando el palacio de lujos, los cofres de monedas, la salas de criados. Tejer era todo lo que hacía, tejer era todo lo que quería hacer.

Y tejiendo y tejiendo, ella misma trajo el tiempo en que su tristeza le pareció mayor que el palacio con todos sus tesoros. Y por primera vez pensó qué bueno sería estar sola de nuevo.

Sólo esperó anochecer. Se levantó mientras el marido dormía soñando nuevas exigencias. Y descalza para no hacer ruido, subió la larga escalera de la torre y se sentó en el telar.

Esta vez no necesitó escoger ningún hilo. Tomó la lanzadera al contrario y, lanzándola veloz de un lado al otro, comenzó a deshacer su tejido. Destejió los caballos, los carruajes, las caballerizas, los jardines. Después desbarató los criados y el palacio y todas las maravillas que contenía. Y nuevamente se vio en su casa pequeña y sonrió hacia el jardín, más allá de la ventana.

La noche acababa cuando el marido, extrañando la cama dura, despertó y espantado miró en derredor. No tuvo tiempo de levantarse. Ella ya deshacía el diseño oscuro de los zapatos y él vio sus pies desapareciendo, esfumándose las piernas. Rápida la nada se subió por el cuerpo, tomó el pecho erguido, el emplumado sombrero.

Entonces, como si oyese la llegada del sol, la moza escogió una hebra clara. Y fue pasándola lentamente entre los hilos, delicado trazo de luz que la mañana repitió en la línea del horizonte.

(Traducción: ISABEL DE LOS RÍOS)

IVAN ANGELO

IVAN ANGELO nació en Minas Gerais en 1936. Empezó con la publicación de un libro escrito en colaboración con Silviano Santiago, *Duas faces* (cuentos) en 1961. No volvió a publicar hasta 1976 y desde entonces lo ha seguido haciendo sin prisa y sin pausa. Sus obras han sido traducidas al francés, inglés y ruso. Entre ellas: *A Festa* (novela, 1976), *A Casa de vidro* (novela, 1979) y *A face horrível* (cuentos, 1986).

BAR

La joven llegó con zapatitos bajos, falda corta, cabellos lisos, castaños, arreglados en cola de caballo, sonrió con dientes muy blancos, pequeñitos, como de leche, y dijo ¿me podría prestar el teléfono?, de manera irrecusable.

El hombre de la caja estaba mirando el movimiento del negocio muy por encima, sin fijar mucho los ojos en lo que el muchacho del mesón les había servido a los dos clientes silenciosos, demorándolos algo más en el borracho que se bamboleaba en la puerta amenazando con entrar y al final parándolos en seco en lo que llenaba la blusita negra sin mangas al frente suyo, lo que lo hizo despavilarse totalmente con un dígame, señorita, qué desea.

La joven notó contrariada que había desperdiciado su primera arremetida de encanto y mostró de nuevo sus dientes pequeñitos, con carita de mucha necesidad, de mucha urgencia, ¿puedo usar el teléfono, por favor?, como quien le entrega al otro todas sus esperanzas.

El hombre le dijo por supuesto y levantó la mano regordeta de encima del teclado de la caja registradora, la bajó mirando al borracho que subía el peldaño de la puerta, sacó un teléfono negro del aparador bajo la registradora que tenía todavía en el disco el sello de la antigua compañía de teléfonos y lo empujó hacia la joven diciendo que sea corto por favor, que vamos a cerrar ya.

La joven tomó el auricular y murmuró bajito uf, sopesó ostensivamente el aparato y dijo aduladora: es pesadito, ah.

El hombre sonrió alcanzado por la saeta de la lisonja diciendo ¡mmmh!, es que es de los viejos.

La joven se llevó el auricular al oído y discó 277281 con un dedo bien cuidado de uña lila.

El hombre de la caja desvió la vista del dedo, tomó un lápiz que tenía en la oreja derecha y anotó los últimos números explicando, es para el loto, sin fijarse si la joven lo escuchaba o no y se puso de nuevo el lápiz en la oreja mientras miraba al borracho que navegaba ahora por la orilla del mesón.

La joven dijo, me da con Otacilio por favor, y se quedó esperando.

Un hombre se paró al lado de ella oliendo a cigarrillo, le dijo al de la caja, me da un Belmont, miró intensamente los ojos de ella y en seguida los pechos.

La joven se sonrojó y se tocó rápidamente buscando un botón abierto que ni tenía y se protegió expirando el aire con el diafragma y echando adelante los hombros para disimular el volumen del pecho.

La caja registradora hizo tlin, un auto frenó haciendo rechinar los neumáticos y una voz fuerte gritó conchetumadre con la última e muy larga.

El hombre de la caja le dio el vuelto al que compraba los cigarrillos y dijo, hágase la sorda, tesoro, así es la cosa aquí siempre.

El hombre que compraba cigarrillos se apartó a ver qué estaba pasando en la calle.

La joven se volvió con simpatía al hombre de la caja pero se detuvo atenta al sonido del teléfono, pasó de atenta a decepcionada y luego de un instante dijo, de parte de Julia dígale.

El hombre que había comprado cigarrillos se paró en la puerta, abrió la cajetilla y prendió uno.

El hombre de la caja dijo, oye José, ese tiene que pagar primero y el mozo dejó de servirle aguardiente al borracho y le dijo algo mientras el hombre de la caja se explicaba diciendo después, ni paga y más encima espanta la clientela.

La joven sonrió condescendiente.

El hombre fumaba en la puerta y le miraba las piernas.

La joven puso una pierna detrás de la otra defendiéndose en un cincuenta por ciento y de repente dijo alegre ¡hola! pucha que demoraste y buscando un poco de privacidad se dio vuelta diciendo ¿estás enojado conmigo?

El hombre de la caja se hacía el distraído pero escuchaba lo que ella decía.

Eso pensé puh, si no me llamaste.

El borracho les hizo el quite a los arrecifes y llegó a la caja con un billete de quinientos en el mano.

No, nada que ver, si no fue por eso.

No sé, me dio mucho miedo, eso no más.

El borracho inició el viaje de regreso.

El hombre de la caja dijo sírvele no más José.

No, no. Si no es nada contigo. Así son estas cosas puh ¿o no?

La caja registradora hizo tlin marcando quinientos pesos.

Pucha, Otacilio, piensa, la cantidad de cosas que se le ocurren a uno en ese momento. A ustedes claro les da lo mismo.

La cara del hombre de la caja estaba un poco más despierta y maliciosa.

Claro que es difícil. ¡Por la oh! si te pusieras en mi lugar lo entenderías.

El mozo del mesón sacó el mismo vaso a medio servir y la misma botella y completó la dosis del borracho.

Bueno. Yo también, olvidémosnos de lo de ayer. Ya, hagamos eso mejor.

El borracho se quedó mirando fijamente el vaso como si meditara, pero en realidad sólo esperaba el momento preciso de coordinar el movimiento del barco con el de llevar el vaso a la boca y cuando lo logró se lo tomó todo con una mueca y un escalofrío.

La joven escuchó con aire pícaro lo que Otacilio decía y sonrió excitada sus dientes tan blancos.

El hombre de la caja miró al hombre de la puerta y la complicidad masculina brotó en las miradas.

No, el sábado no se puede, ahí ya se pasó el día ya. Cómo que por qué. Se pasó el día pues no se puede. No te puedo explicar ahora. ¡Pucha!, hay días que se puede y días que no.

El hombre de la caja le guiñó el ojo al de la puerta como quien dice tenías razón.

Ecole, de aquí a quince días tiene que ser. Claro que averigüé.

La joven vio la mirada del hombre de la puerta y le dio la espalda.

¿Hoy día? ¿Estás loco?

El hombre que fumaba se quedó mirándole atrás.

Mi papá no me va a dejar. Tendría que... tendría que hablar con mi mamá y que ella hablara con él.

Alguien llegó y dijo páguese dos cervezas y deme una pastilla de estas de menta.

Pero y qué es lo que les voy a decir. Pucha, no sé. Ahí veo cómo. Yo me las arreglo.

La caja hizo tlin y el hombre se fue sin que ella se diera cuenta.

No, si voy. Como sea yo voy. No, no te corras porque ahora yo estoy con ganas.

La joven miró al hombre de la caja y huyó veloz de esa mirada ahora descarada.

Espérame entonces. Voy para allá. Chao.

La joven cortó y se quedó unos momentos cabizbaja armándose de valor y después le dijo al hombre puedo hacer otra llamadita, ¿ya?

El hombre de la caja dijo bueno alargando la e muy solícito y mirándole fijamente desde arriba el escote.

La joven buscó un punto neutro donde mirar y encontró al mozo que lavaba vasos detrás del mesón, mientras esperaba el tono del teléfono; después marcó el 474729 y se quedó mirando alrededor.

Un enrejado azul fluorescente para electrocutar moscas esperaba víctimas.

El mozo del mesón la miraba furtivamente y murmuró ricura, apretando los dientes.

El borracho esperaba el mejor momento para bajar el peldaño hacia la calle, con un pie en el suelo y otro en el aire, como alguien indeciso preparándose a descender de un tranvía en marcha.

El hombre de la puerta juntó los cinco dedos de la mano derecha y se los llevó a la boca en un besito, transmitiendo al hombre de la caja su opinión sobre ella.

El hombre de la caja respondió mordiéndose el labio inferior, como quien dice está del uno.

La joven dijo ¿habrán salido?, explicándose ante nadie.

Los dos hombres silenciosos que bebían cerveza en el mesón ya no estaban ahí.

La joven se quedó de lado y el hombre de la caja se inclinó para verle un poquito más del pecho por la abertura lateral de la blusa sin mangas.

La joven lanzó un ah de alivio, tiró el cordón lo más que se podía, y dando la espalda un poco agachada dijo ¿mamá? soy la Julia, cubriendo la voz con brazos y manos y concentrada en lo que iba a decir.

El hombre de la puerta, el muchacho del mesón y el hombre de la caja cruzaron una mirada fugaz.

Oye, yo almorcé acá en el centro con Marilda. Cómo mamá, si tú la conoces, hasta durmió en la casa una vez. Esa, pues. Mira: vamos a ir al cine ahora ¿ya? Tarde mamá, a las diez y media es la película. Si se nos hace demasiado tarde me quedo a dormir en la casa de ella. Porque es más cerca, pues; si no, me iba para allá no más. Qué va haber. Si tú sabes que no hay. Habla con el papá, ¿ya? No, yo no voy a hablar con él. Bueno. Después del cine llamo. Para confirmar no más, sí, porque lo más seguro es que nos vayamos a la casa de ella. Un beso. Entra la gata, ¿ya? Chao.

La joven se enderezó, cortó el teléfono y preguntó cuánto es.

El hombre de la caja ahora no estaba ahí, dijo para ti es gratis ricura ya detrás de ella.

La joven se dio vuelta rápidamente y vio que todas las puertas del bar estaban cerradas.

Los tres hombres, las narices dilatadas, formaban un medio círculo en torno a ella.

(Traducción de Adán Méndez)

ROBERTO DRUMMOND

ROBERTO DRUMMOND nació en Ferros, Minas Gerais. Su entrenamiento periodístico lo ha llevado a escribir libros destinados a un público muy amplio, pero sin que ello signifique renunciar al rigor literario. Se lo ha traducido al español, polaco e italiano. Entre sus obras destacan: *A morte de D.J. em Paris* (cuentos, 1977), *O dia em que Ernest Hemingway morreu crucificado* (novela, 1978), *Sangue de Coca-Cola* (novela, 1980), *Quando fui morto em Cuba* (novela, 1982), *Hitler manda lembranças* (novela, 1984), *Ontem à noite era 6ª feira* (novela, 1988).

CON EL ANDAR DE ROBERT TAYLOR

Sigan a este hombre que camina al anochecer de este viernes de julio en Brasil; tiene cincuentinueve años, cuarenta de ellos vividos en las prisiones brasileñas, en la vida clandestina y el exilio, y si lo observan bien, notarán que parece más viejo de lo que es. Tal vez sea porque hoy, al caminar por una calle de B..., la bella B..., en la que, los peores días de la dictadura del general Médici, cuando vivió con el nombre supuesto de Alfonso, sienta la ligera falta de aire de los amantes abandonados y sea perseguido por una certeza:

–Es más fácil para un hombre enfrentar un pelotón de fusilamiento que la soledad en el amor...

Sepan que, en otros tiempos, su fotografía podía ser vista en los aeropuertos, en las terminales de ómnibus, en las estaciones de trenes, en los bares, en carteles cuyas grandes letras gritaban: "Terrorista. Se busca". Se daba incluso una recompensa en metálico (ofrecida por industriales y banqueros paulistas) para quien diera su pista a la policía. Y lo apresaron. A propósito, su objetivo, al caminar en este anochecer, es ver nuevamente el lugar en que fue detenido muchos años atrás, y, por coincidencia, en un frío viernes de julio como el de hoy. Por tanto, no lo pierdan de vista, pues pueden suceder algunos imprevistos. Síganlo. Y si de repente se detiene y mira hacia atrás, como quien se siente perseguido, finjan que no lo están mirando. Además, aun en el exilio, él se imaginaba perseguido: en las calles de Argel, de París, de Lima, de Praga, de Santiago de Chile, aun en las calles de Moscú, sufría de esa especie de paranoia de los clandestinos. Una noche, en el metro de París, había un hombre que lo miraba con la insistencia típica de los detectives y él decidió:

–¡Si me da una voz de alto, lo mato!

Mas cuando alguien descendió en una estación y quedó vacío el lugar a su lado, el extraño que él imaginaba agente del gobierno brasileño se sentó exactamente en ese lugar, recostó su pierna en la de él y lo miró con una mirada negra y húmeda que recordaba negras aceitunas españolas sumergidas en aceite. Esa escena (con el alivio y la incomodidad que sintió en aquel momento) él la contaba riendo en Cuba, pues en Cuba reía mucho, estar en La Habana era como estar en Salvador, en Bahía, los bares de La Habana olían familiarmente, tenían el mismo olor o sudor de los barcos de Salvador. Y, en La Habana, él no se sentía ni seguido, ni vigilado, y sólo mucho más tarde (luego de la muerte de varios exiliados que habían regresado secretamente a Brasil), se descubrió que su compañero de cuarto, en La Habana, a quien trataba como el hijo que nunca tuvo, era un doble agente de la CIA y el régimen militar brasileño.

Pero regresemos a nuestro personaje, antes que lo pierdan de vista, pues aun hoy, que está amnistiado, no ha perdido la costumbre de despistar a sus seguidores, imaginarios o no. Vean: allá va, iluminado por las lámparas de mercurio, respira el mismo olor repugnante y dulzón del galán de noche, que respiraba en aquellos tiempos de la dictadura del general Médici, está un poco encogido por el frío de julio, y ahora, que camina por la calle donde vivía, siente nostalgia de la época en que era un hombre perseguido y vivía a escondidas. Ahora se recuesta en un árbol, su antiguo conocido, y mira a la calle donde los niños juegan fútbol y las niñeras pasean con las criaturas.

"Fue la fase más negra de la represión en Brasil –piensa– pero yo era estúpidamente feliz..."

Reconoce aquellos árboles de la calle, pero de las antiguas casas sólo ve dos o tres, las otras cedieron sus lugares a altos edificios que parecen invasores. Nota la ausencia de una casa color chocolate en cuya ventana un viejo en pijama, con la piel muy blanca, solía conversar a solas.

"Era tan bueno mirar la casa color chocolate –sigue pensando– y sentir siempre ganas de conversar con el viejo..."

Atención, porque ahora él va andando por la calle, antes tan familiar, en busca de un pequeño edificio donde vivió oculto. Mas no ve el edificio; en su lugar, unas letras verdes anuncian que allí está el Golden Center. ¿Se habrá equivocado? No, reconoce al frente el gran edificio verdoso con la farmacia en los bajos. Se siente traicionado al no ver el sitio en que vivió bajo el seudónimo de Alfonso y donde fue tan feliz con Patricia y (observen) le pregunta a un muchacho que juega fútbol qué se hizo el edificio.

–Lo volaron –responde el muchacho.

Fue como si hubiesen volado una parte de él: un edificio amarillo, de tres pisos, y él ocupaba el apartamento del tercero que daba al fondo y desde cuya ventana veía el centro escolar que todavía hoy está allí, vean. En aquellos años de dictadura del general Médici, el altoparlante del centro escolar difundía himnos y canciones patrióticas y de exaltación. Lo mismo ocurría en víspera de carnaval; durante toda la mañana tocaban "Eu te amo meu Brasil".

La directora del centro –recuerda ahora– tenía una voz chillona y gritaba por el altavoz: "¡Viva el presidente Médici!"

En aquella época, cuando sonaba el timbre del apartamento, él sacaba su máuser, se quedaba esperando, la respiración contenida, el corazón latiendo fuerte, la punta de la nariz sudada. Podía ser la policía, el Ibope[1] o, igual, las vendedoras de Avon-Llama (muchas de las cuales trabajaban para el SNI y el DOI-CODI).[2] El sentía un miedo mezclado con excitación sexual, casi un orgasmo. También cuan-

[1] Ibope: Instituto brasileño de la opinión pública (N. del T.)

[2] SNI y DOI-CODI, fueron organizaciones represivas paramilitares del Brasil. (N. del T.)

do sonaba el timbre, podía ser Patricia, "la muchacha", mucho más joven que él, tenía edad (diecisiete años) incluso para poder ser su hija. Es bueno que sepan que Patricia se sintió atraída, primero, por su aire paternal, después por su vivencia revolucionaria, hasta que se apasionó, sin saber por qué, y él rasgueó sus cuerdas de mujer como si ella fuese una guitarra de donde sacaba música y gritos ahogados.

Hace muchos años que no ve a Patricia: él fue capturado, cambiado por el embajador de Suiza, y esperó siempre, en vano, que ella apareciera en un grupo de exiliados venidos de Brasil, y cuando, ya amnistiado, llegó al Aeropuerto Internacional de Río de Janeiro, creyó que iba a ver aquel rostro delgado y rubio, de ojos azules y pecas en la nariz, haciéndole señas. Mas Patricia no estaba. ¿Y si Patricia apareciera hoy?

Mucha atención, que nuestro personaje camina ahora para el lugar en que lo capturaron: ¿ven aquel árbol allá al frente, casi en la esquina? Pues fue debajo de él que cayó en la emboscada. Aún hoy él no sabe quién lo entregó; síganlo: va caminando para allá. Y recuerda: estaba armado con su máuser e iba como un rayo, porque a algunas cuadras de allí, Patricia lo esperaba en el supermercado. Harían unas pocas compras y durante todo el fin de semana se refugiarían en el apartamento, y él caminaba e imaginaba las piernas rubias de Patricia. Entonces una mulata delgada, que estaba parada debajo del árbol, le dijo:

–Por favor, déme fuego.

Parecía una prostituta y, cuando él sacó el encendedor del bolsillo y encendió el cigarro de ella, iluminando un rostro flaco y huesudo, de pómulos salientes, boca carnosa y embarrada de creyón de labios, sintió algo duro en la nuca y una voz de hombre dijo tras él:

–¡No se mueva, Leopoldo!

Estaba tan poco acostumbrado a oír su propio nombre, que, por un momento, pensó que era una equivocación, que no era a él a quien buscaban. Pero pronto salieron hombres con ametralladoras, aparecieron perros, sonaron sirenas.

–Ni pude sacar mi máuser –recuerda ahora–. Sin embargo, pensé en Patricia y no tuve miedo...

Fue por Patricia, más que por sus convicciones revolucionarias, que soportó las torturas, después el exilio, contando los meses que estuvo enfermo, internado en un hospital de París, sin ver ni oír a un brasileño durante ciento veinte días, conversando sólo para escuchar su propia voz.

Como ven, nuestro personaje se queda parado bajo el árbol, reconstruyendo la escena del apresamiento y ahora sigue: va en dirección al supermercado donde tenía un encuentro con Patricia hace casi once años. Observen: el supermercado ya no es el mismo, cambió de nombre, creció y está más concurrido que antes. Estén atentos: él toma un carrito de hacer compras, echa a andar, asocia el olor del detergente y los cosméticos con Patricia, imagina cómo habría sido si, en vez de ser detenido, hubiera encontrado a Patricia, comprando pan, queso, chorizo, huevos y naranjas, y hubieran ido a amarse. Sería bueno que no perdieran ningún detalle ahora: él piensa en eso cuando ve más adelante, empujando un carrito, a alguien parecida a Patricia, ¿Y ven?, él se aproxima lentamente, sin que ella lo vea, pues, es ella, Patricia, a quien apenas los años si han marcado un poco. Y he aquí que, en una esquina del supermercado, él la encierra con su carro vacío (el de ella está lleno) y la mira serio aunque ya la abraza esperando una sonrisa, pero Patricia grita:

–¡No me hagas daño! ¡Te lo pido!

El la mira sin comprender.

–¿No me vas a hacer nada? ¿No, verdad? –dice ella– ¡Yo era muy joven! ¡Fue por eso que te denuncié a la policía! ¡Te juro que no fue por el premio que me dieron!

Ella comienza a llorar y dice:

–¡No fue por el dinero! ¡Te lo juro! ¡Yo era muy joven y me amenazaron! ¡Yo era muy joven!

Aproxímensele, vean cuán pálido está, cómo tiemblan sus labios, al tiempo que Patricia se echa a sus pies y habla, sin dejar de llorar:

–¡Te lo ruego! ¡No me mates! ¡Tú no crees en Dios, te lo pido por Marx, Engels, Lenin y Stalin! ¡No me hagas nada! ¡Yo era muy joven! ¡No fue por dinero que te denuncié! ¡Sólo tenía diecisiete años!

Apártense un poco, ahora que él se vuelve y deja a Patricia de rodillas y llorando, y vean cómo se aleja, como si no hubiera pasado nada: sepan que está pensando en una escena de un viejo filme en que Robert Taylor caminaba solo en la neblina londinense luego de perder a la mujer que amaba; entonces, sepan que es Robert Taylor (que tan mal se comportó en la época del macartismo en los Estados Unidos) y no Marx, ni Engels, ni Stalin, quien ahora lo ayuda a seguir andando, y, observen, antes de que desaparezca a la salida del supermercado, cómo camina con el andar de Robert Taylor: la cabeza erguida y cómo hasta endereza un poco los hombros, ¡mírenlo!

(Versión del portugués de ARSENIO CICERO SANCRISTÓBAL)

SERGIO SANT'ANNA

SERGIO SANT'ANNA nació en Río de Janeiro en 1942. Vivió bastante tiempo en otras ciudades de Brasil, en Londres, en París y en Estados Unidos. Empezó a publicar en 1969 y se lo ha traducido al inglés, español, alemán, italiano, francés, búlgaro y checo. Entre sus obras: *O sobrevivente* (cuentos, 1969), *Notas de Manfredo Rangel, repórter (a respeito de Kramer)* (cuentos, 1973), *Confissoes de Ralfo* (novela, 1975), *Simulacros* (novela, 1977), *Circo* (poema, 1989), *O concerto de João Gilberto no Rio de Janeiro* (cuentos, 1982), *Junk Box* (poesía, 1984), *Amazona* (novela, 1986), *A tragedia brasileira* (novela, 1987), *A Senhorita Simpson* (cuentos, 1989).

UN DISCURSO SOBRE EL METODO

Se encontraba sobre la estrecha marquesina del 18º piso. Había subido allí a fin de limpiar por el lado externo los ventanales de las oficinas vacías del conjunto 1801/5, que en breve serían ocupadas por una empresa de ingeniería. El era un empleado recién contratado de la Panamericana-Servicios Generales. El hecho de haberse sentado al borde de la marquesina, balanceando las piernas en el espacio, se debía simplemente a una pausa para fumar la mitad de un cigarrillo que traía en el bolsillo. El no quería desperdiciar este placer mezclándolo con el trabajo.

Cuando vio la gente que se congregaba allá abajo, señalando más o menos en su dirección, no se le pasó por la mente que él pudiese ser el centro de atención. No estaba habituado a ser este centro y miró hacia abajo y hacia arriba y hasta hacia atrás, con la ventana a sus espaldas. Tal vez pudiese haber un principio de incendio o algún andamio en peligro, o alguien a punto de saltar.

No había nada identificable a la vista de él. A través de especulaciones bastante lógicas, llegó a la conclusión de que el único suicida potencial era él mismo. No que ya se hubiera cristalizado en su mente, algún día, tal deseo, aunque como todo el mundo, de vez en cuando... Y digamos que la poca importancia que se daba a sí mismo no permitía que aflorase en su campo de decisiones la posibilidad de un acto tan sublime. Y que el instinto ciego de sobrevivencia llevaba una ventaja de un cuarenta por ciento sobre su instinto de muerte, era tanto que él venía sobreviviendo hasta aquel preciso momento bajo las más adversas condiciones.

En su bolsillo, por ejemplo, después que sacara el cigarrillo, solamente quedaban el carnet profesional y algunas pocas monedas, insuficientes para tomar el bus allá en el Terminal de Ferrocarriles, a una hora en que ya los trenes no funcionaban. Hasta el Terminal todavía se podía ir a pie, cuando él acostumbraba a caminar con la cabeza baja, no por un sentimiento de humillación, en particular, sino como una forma de encontrar monedas, lo que no era tan raro, ya que, con la creciente depreciación del valor de esas monedas, muchas personas ya no se daban el trabajo de agacharse para cogerlas cuando se les caían.

Antes de ir al trabajo, hoy, al turno de las cuatro de la tarde, que se extendería hasta la medianoche, titubeó bastante en gastar la plata del pasaje. Pero el vacío en el estómago habló más alto y él utilizó parte de esa plata en un cafecito, llenando con azúcar tres cuartos de la taza, lo que le proporcionaba unas cuantas calorías, aunque no pensaba en términos de calorías, sino en la disminución de las ganas de comer y, como refinamiento, que un cigarro, aunque fuera la mitad, era mucho más agradable después de un café.

Meditó también sobre las condiciones meteorológicas, mirando hacia el cielo y concluyendo que el tiempo continuaría firme, lo que significaba que podría pasar la noche en uno de los bancos o en el césped del centro de la ciudad. Normalmente le producían tedio, cuando dormía en la calle, las mañanas sin destino hasta la hora de ir al trabajo, tratando de distraerse mirando el mar y los aviones en la punta del *Aterro*, cerca del aeropuerto, o pollos giratorios en las vitrinas de los hornos o en los carteles de cine, mujeres desnudas y hombres de acción. Pero este era un problema para mañana y pasado mañana, máximo porque el tercer día sería el del pago. El era un hombre que vivía en los alrededores del presente, ya que el pasado no le traía ningún recuerdo agradable en especial, y el futuro era mejor no preverlo, de tan previsible. La fecha de pago, no obstante, era un marco cronológico al cual él se apegaba.

El sujeto que lo reclutó por un salario mínimo le dijo que él todavía tenía suerte, ya que el desempleo reinaba en el país. Era un sujeto al que le gustaba usar verbos de ese tipo, de diccionario, que le parecían conceder dignidad y pompa a sus palabras, aunque él no llegase a materializar en su mente tales sustantivos abstractos. Autoridad e importancia, si, eran prerrogativas de las cuales él se revestía en su cargo, ahí sentado con la corbata y la palabra, mientras que los hombres que desfilaban frente a él permanecían de pie y mudos, a no ser por ciertas respuestas casi de monosílabos como sí señor, o no señor, cuando se trataba de vicios como el aguardiente. Si la audiencia fuese un poco más calificada él discurriría también un poco más sobre los problemas del país, que provenían del atraso del pueblo, la deshonestidad e incompetencia de los políticos, agravadas por el gigantismo del Estado. En la intimidad del hogar, señalaba todavía causas como las condiciones climáticas, una colonización de exiliados y la mezcla de razas. El era un hombre de la iniciativa privada en una posición de comando intermedio, aunque estimaba que ganaba poco, lo que era amenizado por la perspectiva de subir algunos escalones, siempre que fuese perseverante y duro hasta el punto de ser inflexible. Y el nombre de la Panamericana se revestía para él de una aura multinacional, a pesar de no ser más que eso, un aura experta que, a decir verdad, contaminaba incluso al hombre allá en la marquesina, en su uniforme con aquellas letras grabadas significando para él alguna cosa que no entendía bien y por eso respetaba, algo vinculado a competencias deportivas que Brasil disputaba. Alguna cosa imponente, sin duda, tanto así que a ellos se les prohibía, de manera general, vestir los uniformes fuera del horario de trabajo, justamente para evitar que los empleados manchasen aquel nombre usándolos en los bares o los bancos y en el pasto.

Pero la perspectiva de pasar la noche en uno de esos dos últimos lugares traía consigo la ventaja de que, no yendo a la casa, no presenciaría lo que allá estaba pasando, con la mujer y los tres hijos ante una despensa –así llamaban a algunos cajones apilados– totalmente vacía. No era que él estuviese pensando en eso en su trayecto rumbo a la marquesina, todo lo contrario, él acostumbraba a desligarse de los problemas de casa tan pronto ponía los pies en la calle. Sabía que las mujeres eran capaces de verdaderos milagros, como una contabilidad no escrita de huevos y harina pedidos prestados unas de otras en el vecindario, pero si un hombre se encontraba cerca todas las quejas recaerían sobre él. Por lo menos era lo que él creía cuando pensaba en eso.

Tales aflicciones subsistían, sin embargo, sólo como una especie de laguna dentro de él –una carencia buena– allí en la marquesina, y no habrían aflorado junto con el propio medio de librarse de ellas, en caso que él no identificase los gritos en coro de las personas allá abajo como pedidos para que saltara. No es que él se dispusiera a ceder a aquellos pedidos, bien entendido; sólo descubría, un tanto perplejo y hasta fascinado, que ésta era una alternativa plausible para un ser humano como él, en dificultades, pero dueño de todos sus movimientos. Y eso le concedía una libertad insospechada y una ligereza, ya que un hilo muy tenue podía separarlo de la meta común a la especie, que es no sufrir.

Se puede indagar al respecto del miedo. ¿Si él no tenía miedo de estar allí colgando? Pero es necesario no olvidar que estaba habituado a ocupar posiciones delicadas en el espacio.

Otro, en su lugar, tal vez se habría sentido con el poco valor que la gente daba a su vida. Pero como ya vimos, él también se daba poca importancia, como coadyuvante muy secundario, casi imperceptible, de un espectáculo polifónico. Por eso, también jamás se cristalizó la hipótesis de forzar al destino con arma en la mano, asaltando a personas físicas y jurídicas, aunque le pasara por la cabeza como por la de todo el mundo, de vez en cuando... Y en este espectáculo estaban los que se situaban como espectadores en los escalones más bajos de la fama y él mismo, si fuera una de esas mañanas en que vagaba sin destino, se habría situado en la platea para matar el tiempo, pero sin voz activa, porque era un hombre sobrio en sus actos, modesto. Entonces no sintió pena y hasta sabía, sin darse cuenta, que en aglomeraciones semejantes existían aquellos, como ciertas mujeres (a veces ya con una vela en la cartera), que se pasaban en forma afligida la mano por el rostro y proferían frases melodramáticas como "por el amor de Dios no", o algo por el estilo, y también aquellos otros que llamaban a la policía y a los bomberos, siendo que un coche de la primera corporación ya llegaba en ese momento.

El era un hombre que respetaba las leyes y los poderes y, en nombre de tal respeto, hasta miedo, se levantó inmediatamente para volver a la limpieza de los ventanales, cuando un silencio de expectativa neutralizado por el clamor de estímulo vino de allá abajo, para luego transformarse en una rechifla, cuando vieron que él era nada más que un hombre trabajando, aunque en condiciones precarias que sugerían riesgo, acción, emoción, coraje.

Y esa rechifla él la recibió con pena porque los gritos anteriores habían sido algo así como el entusiasmo de la hinchada ante un atleta y, de repente, era como si él hubiera ejecutado la jugada equivocada. Con el escobillón y el paño en las manos, y el balde a sus pies, se volvió nuevamente hacia la platea y dio un pequeño paso hacia adelante para oír claramente los gritos de "salta", "salta".

El hecho es que él jamás había estado en un escenario, un pedestal, y eso afectó su modestia. No era necesario conocer la palabra pedestal para saber que las estatuas reposan sobre una base. Como tampoco era necesario conocer la palabra polifónico para oír las muchas voces y el conjunto de sonidos de la ciudad. Y siempre habría alguien que pudiera contar eso por él, hasta que las condiciones socioeconómico-culturales de la clase obrera cambiaran en el país y ella pudiera hablar con voz propia.

Cuando eso sucedió, por ejemplo, en Inglaterra, dio origen a fenómenos inesperados como los Beatles y los angry young men, jóvenes coléricos. Ya en la Unión Soviética o en

Cuba, el brillo de algunas voces fue sofocado en nombre de prioridades económicas indiscutibles. El vio en la apertura de los Juegos Olímpicos de Moscú la salud y la belleza de la juventud soviética. Como todo el mundo, en Brasil, él se las arregló para comprar un aparato de televisión. Compró el de un joven vecino, sin exigir factura o preguntar sobre la marca o procedencia. El muchacho era uno de los coléricos brasileños y asaltaba a personas físicas, preparándose para encarar a las jurídicas, del ramo bancario. Ambos no conocían a los Beatles.

A las estatuas, las conocían bien, a pesar de no leer las planchas. Deambulaba mucho ante ellas e intuía que eran erigidas (aunque no utilizara tal verbo, más del estilo del jefe del Departamento de Personal de la Panamericana) en homenaje a personas que habrían realizado hechos notables, tanto así que estaban allí en exhibición pública, como ejemplo moral.

No era exactamente el caso de él, cierto, pero él también estaba saboreando el poder sobre la masa, como alguno de aquellos hombres ilustres. Y eso, de repente, ampliaba de modo literalmente vertiginoso su conciencia social. Aquella gente allá abajo, como él mismo, la mujer y los hijos, no eran gente bonita, bien alimentada e imbuida de elevados propósitos; al contrario, era preciso aplacarlos con sangre y circo. Entonces él llegó a reflexionar –si se pudiera llamar así al resplandor de rabia que lo atravesó– sobre métodos violentos de transformación de la sociedad. Alguien con más cultura podría contraproponer métodos constitucionales de cambio. Pero eso podría llevar décadas o un siglo, o tal vez no sucediera nunca.

Y el caso de él era apremiante: la situación financiera de necesidad absoluta, agravada por el hecho de haberse destacado tanto en los últimos instantes en la Panamericana, de modo incompatible con la política de personal de la Compañía. Y estaba el hecho principal de que él tenía una sola vida para vivir, a pesar de, paradójicamente, andar ventilando, en esos últimos momentos, como un ejercicio, la hipótesis de librarse de ella. Ante eso, la sociedad como un todo era una abstracción. El se estaba volviendo ahora, siempre vertiginosamente, un individualista. Si tuviera un arma en la mano, tal vez habría disparado al azar. El no tenía tal arma y sólo podría disparar contra sí mismo, en forma de una tristeza puntiaguda.

En compensación eso ampliaba su conciencia poética, tal vez concediéndoles la razón a aquellos que ven en el arte una redención del sufrimiento. Se aproximaba la hora del crepúsculo, una hora bonita, él también lo creía. Para realzar tal belleza en la melancolía, existía la posibilidad de ésta volverse también la hora de su crepúsculo, que él podría hacerlo bello y significativo. Si saltara, se transformaría en un personaje de periódico, un mártir de la crisis económica, mereciendo más que un simple registro, porque habría conseguido transformar la avenida Río Branco allá abajo, bautizada así por causa de un barón (que él desconocía), en un desbarajuste, con el sonar de las sirenas y un carro del cuerpo de bomberos que ocuparía un buen trecho en el asfalto, el Estado usufructuando de la oportunidad de retribuir el dinero recaudado de los contribuyentes.

Un cordón de aislamiento ya se había extendido para que él no cayese sobre las personas y, sin saberlo, se aproximaba a un ideal romántico que es el de morir joven y en el auge de la fama. Solamente no era bello. Era un muchacho de veinticinco años, aunque no pareciera. A los argumentos convencionales de que todo eso de nada le serviría después de muerto, él podría contraproponer –si además de romántico fuera poeta o filósofo– que estaba gozando con la máxima intensidad los lances dramáticos que podían anteceder a la muerte, como en un duelo al atardecer. La ciudad era incuestionablemente bella, con sus picos y montañas, el océano, algunas aves marinas, otras no, un avión que aterrizaba en aquel instante, con sus pasajeros que observaban el paisaje de un ángulo diferente al suyo. Es claro que no existe la belleza sin que alguien la observe. Pero, por otro lado, no habría tal intensidad en la contemplación, en el caso de él, si no fuese por cierta inminencia... Una inminencia que volvía más perceptible que nunca, a sus oídos, la polifonía sinfónica de las calles, como si él fuera un sofisticado apreciador de música aleatoria, lo que, a lo más, demostraba que no era necesario estar a la par de ciertas definiciones y corrientes estéticas para usufructuar de los efectos y de los materiales que las componen, que terminaban por reunirse en una especie de zumbido cósmico que parecía nacer dentro de él.

Había también en él algo de existencialista, con ese asunto de vivir intensamente un momento límite y darle un sentido, como algún personaje de Jean-Paul Sartre, además de haber sido acometido, hace poco, de una buena dosis de náusea existencial en relación a sí mismo y a la masa humana. Por otro lado, aun en condiciones socioeconómicas más favorables, estaría lo absurdo de la existencia. El era un absurdo. Una conciencia echada al mundo, que podía morir en cualquier instante y no era feliz.

Está claro que, desde el punto de vista de un abordaje psicoanalítico, su ansia recién aflorada de saltar se dejaba analizar bajo otros ángulos, algunos menos, otros más románticos todavía. El hecho de que su resistencia se volviera contra él mismo en un momento que no podía dirigirla hacia fuera, era solamente la parte más obvia del asunto que, con un mínimo de paciencia podría serle explicada por algún psiquiatra del Instituto de Previsión Social, que a continuación lo consideraría apto para volver al trabajo. El no era tonto, sólo que no creció en un ambiente propicio para perfeccionar su educación.

En cuanto al narcisismo, reflejado en el hecho de pavonearse en el espejo de la masa, él podría canalizarlo hacia actividades socialmente más ajustadas, como progresar en su ramo de ventanales y pisos, hasta dejarlos tan impecablemente limpios que le devolviesen una imagen sin distorsiones y fantasías perniciosas. O, en caso de que sus ambiciones sobrepasaran el ámbito del desempleo para alcanzar el mundo de los espectáculos –como ocurría ahora–, siempre restaría la posibilidad de buscar una oportunidad en un programa de novatos en la TV o en el fútbol; pero eso, en el segundo caso, si no hubiese sucedido en su infancia un hecho absolutamente traumático: haber sido expulsado, a empujones, de un equipo de muchachos, por deficiencia técnica posiblemente derivada de sus deficiencias físicas, aunque él fuera colocado en la extrema izquierda, posición que en Brasil se considera la más cercana posible a la reserva.

Tanto es que si comentasen con él que Brasil, en toda su historia deportiva, nunca tuvo en sus selecciones un solo punta izquierda que fuera el astro del equipo, el captaría en una fracción de segundo el origen y el espíritu de la cosa, dirigiéndola a su propio caso y eso, sin duda, sería plenamente un *insight*, que lo haría reír en una descarga nerviosa, tal vez convenciéndolo de aceptar mejor sus propias limitaciones, pues ni llegaba a ser un zurdo y resultaba extremadamente difícil centrar la pelota con el pie cambiando. Y aun le restaría, una vez diluida la imagen idealizada que lo perjudicaba, vibrar e identificarse con un equipo que, de vez en cuando, le compensase su dedicación con un campeonato; finalmente no todos pueden subir al escenario.

Más difícil –y romántico– aunque no imposible, siempre que se encontraran las expresiones adecuadas, sería profundizar con él la cosa en sentido de entenderla, su tentación repentina de saltar, como un deseo de retorno a los brazos y senos maternos y tal vez hasta a una vida uterina, a lo indiferenciado que a todos iguala, de no haber sido ésta sobresaltada por intentos de muerte contra él y como si fuera poco con la utilización de métodos inadecuados –tal vez sentidos por él como maremotos en el líquido en el cual flotaba– aunque, después de haber salido insistentemente a la luz, fuese considerado por su raquitismo, como un castigo y una dádiva, lo que ya lo colocaba en el mundo desde el comienzo como una paradoja y ante un conflicto. Ya que el mismo hecho que lo llevaba a ser sacudido y castigado, cuando lloraba durante las noches por sentir un hueco inexplicable en las entrañas, era razón para ser envuelto y amamantado en plena vía pública, bajo marquesinas (!) de edificios, porque la madre complementaba el escaso presupuesto doméstico mendigando en el centro de la ciudad, hacia donde se le traía en un tren eléctrico (!) vistiendo sus peores harapos, si es que los había, y al respecto, como prueba material de penuria a los peatones, el bien valía su peso en monedas.

Y si después de un primer tratamiento de shock, en el mencionado Instituto de Previsión Social, fuese destinado a un profesional calificado, del área de la mente, este pudiese tal vez anotar en su ficha, no como una verdad –pues había aprendido a desconfiar de ella– sino como una bella hipótesis a ser investigada, el hecho de él haber escogido (o haber sido escogido por ella, poco importa, ya que no existen coincidencias, sino causalidades necesarias) una profesión que lo llevaría siempre hacia las proximidades de las marquesinas y que ahora estuviera en la inminencia de lanzarse de una de ellas para caer dentro de la cuna que era la vereda. Para fortificar tal deducción, estaba el hecho indiscutible de que él frecuentara literalmente esta vía en la vida, donde siempre era obligado a tomar un tren eléctrico para llegar al lugar del trabajo que se confundía con el mítico punto donde sería mimado y de ahí, tal vez, si pudiese explicarle su delirio ambulatorio y hasta curarlo de él, pues un día clave, como el de hoy, haber gastado el dinero de la locomoción de regreso en un café y principalmente, en azúcar (pues el dulzor en la boca era un factor que, además de las calorías, tenía necesariamente que ser tomado en cuenta), podía no pasar de lo que probablemente era: un mero pretexto para encubrir las cosas más recónditamente reprimidas en el inconsciente. Y el final de todo este encadenamiento era que gastó el dinero del bus, el vehículo que lo llevaría de vuelta al sufrimiento del hogar, y no el de aquel tren (su trencito eléctrico de la infancia) que lo conducía al amparo del seno materno. Y el profesional sonreiría de placer ante tal *insight* –no del paciente, sino de él mismo– que hasta podría ser presentado a un congreso y publicado en la revista de la Sociedad, instigando a los lacanianos, ya que tales asociaciones no se debían a ningún juego de letras o aliteraciones, sino a imágenes semánticamente justas, verdadero embrión para una monografía que podría titularse "El psicoanálisis de la clase obrera" y, esta vez, sin ninguna ironía, Europa verdaderamente se inclinaría ante Brasil.

Es cierto que tal profesional, por su integridad, sumada a una buena dosis de astucia, se anticiparía con un post-scriptum a las posibles desconfianzas ante tal modelo, criticándolo él mismo justamente por su perfección, como la de un círculo, no dejando brechas, pero redimiéndolo con el argumento de que mucho más que por la exactitud científica de una respuesta, un modelo psicoanalítico se legitima por la mayor o menor posibilidad de que un paciente se ajuste dentro de él, como en un pijama de molde adecuado, y residiría ahí precisamente la posibilidad de curación, si se puede hablar de curación cuando se trata de una cosa volátil como la mente, que, como el alma, no ocupa propiamente un espacio. Y, de cualquier modo, dentro de las limitaciones de un intento de conocimiento que no llega a ser una ciencia, sino que un método, tal vez propiciaría este modelo que el paciente pudiera volver a la casa, en vez de disipar su dinero en la calle, y allá besar a la esposa en la cara como cualquier ciudadano de clase media. Para entonces concluir juntos, paciente y analista, que en el principio y fin de todo está siempre el amor y, en este punto, todos estarían de acuerdo, freudianos, lacanianos y junguianos-bio-energéticos, en que lo que importaba, en el fondo, en la relación analítica, era la complicidad afectiva, propiamente amorosa, entre analista y analizado; lástima que tal tipo de cliente potencial, éste que estaba suspendido por un hilo entre la vida y la muerte, en la marquesina, no pudiese pagar para ver eso de cerca.

Entonces solamente le restaba el amor de hecho. El amor de una mujer, por ejemplo, que le tendiese la mano en este momento crucial. No la mujer de él, evidentemente, pues la relación que se estableciera entre ambos el último tiempo, después de los desgastes de la vida en común, era aquella que puede establecerse entre un pedazo de palo y un hoyo, más o menos ajustados en sus dimensiones, sin embargo disociados de una configuración gestáltica que los integrase dentro de un todo que incluiría un aspecto de sublimación espiritual, aquello que los seres humanos acostumbran denominar amor. O también un deseo intenso por la carne ajena que fuese más que apaciguar una comezón. Pero la naturaleza no quería ni saber de las condiciones extrabiológicas: al cabo de nueve meses daba hijo y él ya tenía tres. Buena parte de aquella masa palpitante que circulaba por las calles allá abajo era proveniente del encuentro de cuerpos en tales circunstancias de pobreza material y de espíritu; entonces era natural que, en términos de calidad, hubiese una baja progresiva.

El amor que lo podría haber salvado sería, por ejemplo, el de una dactilógrafa que a veces el veía haciendo horas extras en una de las firmas a las cuales él era designado para la limpieza. Era una joven proporcionalmente rellenita, que probablemente se volvería gorda con el pasar del tiempo. Pero ese era un problema para después, del cual él no se preocupaba en sus fantasías, pues estamos en el terreno del presente inmediatísimo. Además de él admirarse verdaderamente con sus formas y con la manera velocísima en que la joven escribía a máquina sin mirar el teclado, había un detalle que le daba a ella una apariencia simultáneamente distinguida y distante (porque él sabía bien su lugar en el mundo): los anteojos. Le parecía increíble que una mujer fuese al mismo tiempo joven y deseable y complementada por un par de anteojos que hacía venir a su mente a profesoras tiernas que él no tuvo la oportunidad de conocer. Eran los anteojos un símbolo de inaccesibilidad y cultura y las fantasías llegaban a él primeramente en forma de preliminares, como llevarla al cine, a la *Quinta de Boa Vista*, hasta un día tomarle la mano, para solamente después, muy de a poco, ir tomando el resto. El momento en que la poseyera sería un acontecimiento solemne, cuando debía proveerse de toda la delicadeza y lo último que retiraría del cuerpo de ella, si efectivamente retirase, serían los anteojos. Porque esos anteojos, sin que él lo supiese, eran su fetiche.

Tal vez él se espantase al saber que también dentro de ella habían devaneos, en los cuales un hombre sensible acabaría por descubrir el alma gentil que se abrigaba en aquel cuerpo inclinado sobre la máquina y detrás de aquellos anteojos. Aunque ella mantuviera relaciones esporádicas con un contador casado y con un joven vecino del barrio, que tenía un automóvil, todavía no se había deshecho de su sueño de casarse con alguien que verdaderamente necesitara de ella, como algún joven estudiante de medicina que llegaría al final de la carrera con todo sacrificio, el cual ella compartiría con alegre resignación. Y si ella conociese a un hombre así, cuando él se encontrase al borde de la desesperación sería capaz de entregarse todavía más vitalmente, gozando entre lágrimas de la conmovedora alegría que es poder tender la mano a aquel que se ahoga para llevarlo no sólo a la superficie, sino a las cimas de lo sublime.

El problema es que para tener derecho al amor, en la desesperación, es necesario poseer algún tipo reconocible de belleza, aunque sea a través de obras, como un Toulouse-Lautrec. Aunque Van Gogh, a pesar de todo... En cuanto a él, el hombre en la marquesina, fue destinado a esta soledad radical que es la fealdad en la pobreza. Pero el sería hasta capaz de reconocer, modestamente, si hubiese tenido aquella educación más esmerada, que Toulouse-Lautrec sufrió más que él, porque probó de aquel mundo donde las mujeres eran bellas, y los hombres artistas tan sedientos de esa belleza, que a veces uno de ellos, por carencia de ella, se largaba de este mundo para otro mejor.

Entonces sólo le restaba, verdaderamente, el amor de Dios o a Dios que, a través de una de sus *personae* cristianas, el Hijo, podía verse concretamente con los brazos abiertos dominando la ciudad. Podía verse privilegiadamente desde allí donde él estaba, el hombre de la marquesina. Se iluminaba el Cristo durante la noche y se apagaba al amanecer; se cubría de nubes negras en días de tormenta y se veía brillar nuevamente cuando volvía a la bonanza. Pero nunca, desde la inauguración de la estatua, en 1931 –incluyendo la visita del Papa, en 1980–, ha sido visto moviendo uno solo de los brazos para apaciguar una de esas tormentas, individuales o colectivas, ni cuando eran las aguas de las lluvias que, bajando del cerro que sostenía su imagen, iban a provocar catástrofes allá abajo, llevando en el torrente casas, animales y personas e induciendo a estas personas a pensar en algún castigo que seguramente habrían merecido. No era entonces previsible que el Cristo moviese uno de sus dedos que fuese, por el hombre de la marquesina, menos todavía, si éste se encontraba en posición tan peligrosa, dueño de un libre arbitrio mucho más acentuado del que normalmente disponían las personas en su posición, tomándose ésta en el sentido más amplio posible. Pues no sólo dominaba las alturas, ya que fue a parar allí por deber de oficio y no por desesperación –a no ser la inherente al propio oficio– y podía bajar cuando el quisiese, inclusive por el lado interior del edificio. Y, si no lo hacía, era por el pecado del orgullo.

Aunque en varias oportunidades hubiera abandonado al Cristo por ídolos populares como *orixás* y *exus*, ya oyó hablar, este hombre, durante las catequesis de infancia en su parroquia –después de las cuales se servía una colación–, que los pobres merecían un lugar destacado en el reino de los cielos y que, por otro lado, los suicidas no tendrían perdón. Entonces, para encontrarse con Dios, en su caso particular, era necesario principalmente tener paciencia.

Y lo que el hombre hizo fue abrir los brazos hacia Cristo, movido un poco por una súplica vaga, porque él no sabía cómo salir honrosamente de aquella trampa, y un poco por exhibicionismo o espíritu de imitación, que en general están en la génesis de la locura, cuando un ser humano percibe que, si ciertas realidades no pueden ser transformadas, se puede simplemente cambiar a sí mismo, cambiándose un papel modesto por otro mejor, como el de Napoleón u otro general, en casos extremos, o de un simple guardia de tránsito, en los menos graves. Imitación que, en aquel caso específico, tuvo éxito, pues la masa vibró allá abajo, tal vez por la popularidad del modelo, tal vez por creer que el personaje que lo encarnaba finalmente iría a volar.

En ese momento se oyó la voz. La voz retumbó no de las alturas, sino de la oficina de la firma de ingeniería:

–Usted baje de ahí porque está preso, dijo un policía, empuñando su revólver. Luego percibió que había incurrido en una impropiedad semántica que podía traer graves consecuencias, si el hombre bajase y, por eso, extendió uno de los brazos de ahí del parapeto de la ventana para sostenerlo.

Por primera vez en la vida, este otro hombre era tratado de señor; trato, sin embargo, que adivinaba sería inmediatamente abandonado cuando estuviera en los brazos truculentos de la Ley. Entonces retrocedió en la marquesina hasta un límite tan preciso e inseguro que, fatalmente, lo colocaba bajo la jurisdicción del cuerpo de bomberos.

El representante de mayor jerarquía de esta corporación, que estaba allí, fue sometido a un entrenamiento durante el cual se trató, entre otras disciplinas, las humanas. Hizo una seña para que el miembro de la otra corporación se retirase a un lado discreto y asumió el comando de las operaciones con un discurso para el cual se había preparado desde el día en que, presenciando una película por la televisión, descubrió que su verdadera vocación era ser bombero. Un discurso donde las formalidades eran substituidas, junto con las armas, por el trato más brasileño-hombre-cordial del tú.

–Muchacho –dijo él–. Para todo hay remedio en la vida y un día te vas a reír de los problemas que te llevaron hasta ahí arriba, sea lo que sea. ¿Por qué no te acercas para conversar? O si prefieres habla desde ahí mismo, si nosotros estamos aquí es para ayudarte.

A pesar de la discordancia en la armonía y de un cierto artificio en el habla, su voz alcanzó justo el tono de complicidad afectiva, amorosa incluso, justo para establecer una relación. Y es preciso no olvidar que el hombre no se había instalado allí con la intención de saltar; sólo había sido tentado, inadvertidamente, por el vértigo y poder de las alturas. Giró entonces hacia el bombero, que ya había saltado hacia la marquesina, con los aplausos del público voluble, y sonrió preocupadamente, como pidiendo disculpas.

Podría haber explicado, simplemente, que estaba limpiando el ventanal y que todo no pasaba de ser un mal entendido, podían ver el balde, etc., y chequear en la Panamericana-Servicios Generales.

Pero la verdad es que en su mente habían ocurrido algunos fenómenos bastante complejos, que modificaron su visión del mundo y que a él le gustaría exponer, incluso a sí mismo, pero para los cuales no encontraba palabras.

–Es como si fuese un otro, ¿entiende? –le dijo al bombero, que lo abrazaba sin encontrar resistencia, para conducirlo a la oficina–. Un alguien posible dentro de mí, que estuviese soplando pensamientos en mi cabeza.

En ese instante, él esbozó una larga sonrisa, porque esas eran justamente las tales palabras. Sin embargo el entrenamiento del bombero no llegaba a considerar ciertos aspectos más íntimos, sutiles y contradictorios de la mente y, como un profesional objetivo dentro de las limitaciones de sus deberes, no tuvo dudas en su veredicto.

–Está loco –avisó hacia allá adentro, al mismo tiempo que empujaba al hombre hacia el interior de la oficina, donde fue inmovilizado.

El fue traicionado, pero, por otro lado, su salvador –si se podía llamar así– le aplicaba un título nuevo que le ofrecía también una nueva identidad, tal vez explicando sus nuevas sensaciones, que ahora él prefería guardar para sí mismo.

"Es como si todo no pasara de ser un sueño, incluso yo y el bombero."

Un sentimiento, por otra parte, sumamente agradable, porque lo liberaba de ciertas cadenas.

El estaba equivocado, pero no muy lejos de la verdad, aunque lo estuviese de la originalidad: él no era un sueño, sino una alegoría social. Social, política, psicológica y todo lo que se quiera. A los que condenan tal procedimiento metafórico es necesario recordarles que la clase trabajadora, principalmente su segmento al que se llama lumpen, aún está lejos del día en que podrá hablar, literariamente, con voz propia. Entonces se puede escribir respecto de ella tanto eso como aquello.

Pero en ese momento llegaba sudado, gordo y jadeante al lugar un personaje bastante próximo a la realidad: el jefe de personal de la "Panamericana-Servicios Generales". Venía revestido de formalismo, dignidad y prerrogativas de su cargo, además de dominado por el miedo de perderlo, ante una publicidad que no era justamente lo que el departamento de Relaciones Públicas de la empresa tenía en mente. Con los pies bien firmes en el suelo, dijo:

–Tu deshonraste el uniforme. Puedes cambiarte de ropa y entregármelo personalmente. El acto que acabas de cometer es falta grave, acreedor de salir sin indemnización. Y por lo tanto estás dimitido.

Sus palabras sentenciosas tendían, esta vez, mucho más que a impresionar estilísticamente a la audiencia, asegurar a todos que estaba haciendo lo mejor posible en la circunstancia, ya que su mirada clínica para ebrios, vagabundos, ladrones y locos fallara lamentablemente en ese caso. Sin advertirlo, estaba cometiendo un error más: sus palabras fueron grabadas por la prensa, un tanto frustrada hasta entonces con la negativa del hombre de la marquesina en dar cualquier explicación en que sus objetivos se vieran claros. Loco era una palabra que los editores, a no ser los de los diarios populares, consideraban un tanto vaga.

Y el ejecutivo no quedó bien en la historia, donde, al contrario de lo que pensaba, tampoco era el personaje principal, sino un vulgar participante, primer paso en un desmoronamiento que se iniciaría con su dimisión y terminaría con su suicidio, cuando por un sentimiento innato de justicia, se aplicara a sí mismo el código severo que acostumbra destinar a los subordinados. Pero eso ya es otra historia.

En esta, sólo los policías quedaron impresionados. Aunque no encontrasen las palabras justas para decirlo, vieron allí la manifestación del poder temporal y también de aquel otro, mayor, que fuera ofendido en una de sus principales personas. Y, como castigo ejemplar a los desesperados, más desesperación.

El bombero, no tanto: le molestó ese tipo tan empaquetado que menospreciaba los despojos de su acción, que ni siquiera llegó a ser heroica –él, el veterano de tantos incendios y escombros de inundaciones–, y dijo que el muchacho solamente se cambiaría de ropa en el hospital psiquiátrico, para donde sería llevado. Sus palabras también fueron grabadas y, una vez más, con toda justicia, la corporación quedó bien ante la opinión pública, como un destello de esperanza de que no todo estaría perdido.

En cuanto al personaje principal de la historia, el hombre de la marquesina, al saber de su destino, en otras circunstancias tal vez se sentiría herido en su punto más vulnerable, lo que lo habría llevado, tal vez, aprovechando la escasa vigilancia, a saltar finalmente a la muerte. No por haber perdido el salario, exactamente, pues ya se encontraba hacía mucho al borde del más absoluto vacío económico. Sino porque percibía, con claridad, que la Panamericana había sido hasta ahora para él no sólo un empleo, una empresa en la que trabajaba, sino un envoltorio, materializado por el uniforme, dentro del cual se metía –él, que se sintiera, desde la cuna, como una especie de cosa hueca– y que, si no le proporcionaba una identidad importante, lo transformaba en parte de un equipo, como en el fútbol, permitiendo que –contrariando el reglamento– pasase entre los mendigos del *Aterro* sin sentirse uno de ellos, aunque no tuviese ni un peso en el bolsillo.

El sujeto del cuerpo de bomberos –que indiscutiblemente surgía ante sus ojos como la persona de mayor autoridad moral, de entre todos los que allí estaban– hablaba de un cambio de uniformes en el hospital psiquiátrico, del mismo modo que hiciera, a propósito de él, sin titubear, un diagnóstico preciso: loco. No había entonces por qué desconfiar y él caminaba con una satisfacción hasta ansiosa para cambiar de rol y de equipo.

En verdad, él ya se encontraba bajo otra jurisdicción. No la de dos hombres de blanco que llegaron para llevarlo en una ambulancia, él vistiendo el uniforme de la Panamericana y todo. La jurisdicción bajo la cual se encontraba era la del otro, aquel alguien posible que soplara pensamientos en su cabeza, sobre la marquesina. Y él preveía, intuitivamente, que allá en el hospital debería haber un patio donde, paseando cómodamente debajo de los árboles o sentado en un banco, él tendría todo el tiempo del mundo para encontrar y conocer al tal otro, hasta que los dos se tornasen la misma persona y hablasen con la misma voz.

(Traducción de VIOLETA ROMERO)

DOMINGOS PELLEGRINI

DOMINGOS PELLEGRINI nació en 1949, en Londrina, Paraná. Reside en Sao Paulo; ha vivido en Alemania. Empezó publicando poesía. Después, cuentos. Entre sus obras: *O Homem vermelho* (1977, cuentos), *Poesia viva II* (1979), *As Sete Pragas* (1979, cuentos), *A Arvore que dava dinheiro* (1982, cuentos para jóvenes), *Paixões* (1985, cuentos), *Os meninos crescem* (1986, cuentos).

LA NOCHE QUE ME ENCONTRE CON MI PAPA

¿Te conté la vez que me encontré con mi papá en los topless? Yo era más tonto que los pavos nuevos, con una barba mugrienta y cara de cabro chico todavía. Llegaba, me arrimaba a un poste y me quedaba ahí, al airecito, mirando el movimiento como paco de tránsito, el puterío entrando y saliendo, la gallá llegando en taxi, y no faltaba la pareja de perros agarrando ahí frente a los locales. De afuera veía las luces rojas, verdes, los intermitentes azules y rojos, alguna mina que salía con un vaso en la mano, haciéndose la nerviosa, y se pegaba unas vueltas buscando cliente, esperando a su lacho, qué sé yo, con toda esa pinta de esperar a alguien que tienen siempre.

De repente alguna te hablaba. Una te pedía fuego, la otra preguntaba la hora, había las que se pegaban y empezaban una conversa sin ton ni son. Hola. Hola. ¿Cómo estás? Bien. ¿Y tú? Bien, ¿Tienes un cigarro?

Y ella tomaba el cigarro y lo prendía. ¿En que estás? Aquí estoy.

Y seguía en eso hasta darse cuenta de que yo no enganchaba, y entonces trataba con el Pedro (allí conocí al Pedro yo, cuál de los dos más pato). Una noche se nos acercó una para prender un cigarrillo, se lo agarró por encima del pantalón y se quedó pasándole la mano, le preguntó si no quería entrar un ratito, si no le gustaría meterse en una pieza rica, bien tibiecita, bien apretadita, bien al fondo, ¿ah? Y él preguntó que adónde quedaba la famosa pieza, ella apuntó a un tugurio que había ahí en esa época, que después lo demolieron: un galpón lleno de piezas con un corredor al medio y una lámpara roja en la portería.

Desde el poste uno veía a los ñatos entrando con su mina, a veces una entraba hasta con cuatro en una noche, de a uno eso sí, y nosotros ahí sacando la cuenta:

–A ése no le costó nada.

–Esa lleva tres ya.

Y ahora la comadre quería que el Pedro fuera uno de ésos y el Pedro decía que no, que había tirado ya en la tarde... Parece que mucho no tiraste, amorcito –dijo ella tomándole el bulto que le crecía en la entrepierna, y seguía pasándole las uñas pintadas de rojo y se pasaba la lengua por los labios pintados del mismo color.

–Ando pobre, dijo el Pedro medio tartamudo.

Ella preguntó que cuánto tenía y frunció la nariz cuando él terminó de contar su plata; me acuerdo como si fuera hoy, me miró a mí y me dijo que por qué no lo ayudaba. "Para eso son los amigos." Pero yo dije que también andaba pobre. Quiso saber cuánto tenía, sumó y "vamos", chasqueó los dedos cruzando la calle.

–¿Los dos? –Probó el Pedro.

Ella se paró en seco al medio de la calle y se rió echando para atrás la cabeza:

–Seguro que voy a irme con los dos por esa plata. Harto favor les hago en irme con uno.

Lo echamos al cara y sello y él ganó. Desde ese día la mina tuvo una entrada segura: bastaba que se acercara al poste y nos toqueteara con una mano a cada uno, tratábamos de decirle que no –hoy día sí que no– pero al rato uno de los dos iba cruzando la calle con ella y el otro iba a tomarse una cerveza de consuelo en la esquina. Ella pagaba la pieza, el vuelto se lo metía al calzón y se iba culebreando por el pasillo, abría la puerta sacándose la blusa y cuando yo llegaba ya estaba sin los calzones, con la mini levantada y dándole palmaditas al colchón:

–Venga mi huacho, que le voy a enseñar la última.

Y así nos fue instruyendo, y yo creo que hasta empezó a gustarle, porque cada vez se demoraba más y el otro tenía que tomarse dos cervezas en la esquina. Uno gozaba, ella seguía enseñándonos las nuevas, y después uno gozaba de nuevo. Después se paraba de un salto –hay que ganarse la vida– y, antes de subirse el calzón, se tiraba un pelito y lo regalaba:

–Para que te acuerdes de mí.

Un día se quedó besándome el pecho, esas cosas que a uno no se le olvidan más. Era bajita, tenía un lunar en la pera y el pelo cortito con olor a manzanilla.

Una noche le tocaba al Pedro esperar en el bar, pero hizo la prueba otra vez:

–Ya puh, los dos.

Ella movió la cabeza de un lado a otro solamente: no, de ninguna manera.

–Pero si nosotros somos clientes.

–Si sé –dijo toqueteándonos a los dos– pero yo soy mujer de un solo hombre. ¿A cuál le toca hoy día?

Me tocaba a mí, y en el corredor ella me agarró de la entrepierna y me fue llevando; nos demoramos como nunca. Cuando volví al poste, Pedro ya se había tomado el resto de la plata y dijo que de picado que estaba quería tomar más. En eso se estacionó un taxi con tres ñatos, el chofer prendió la luz interior, contó el vuelto, bajaron dos, el tercero recibió el vuelto y al salir lo iluminó el poste. Era mi papá.

–¿Y qué estás haciendo aquí?

Hice un gesto con la mano, me acuerdo como si fuera hoy; quedó ese gesto a medio camino, diciendo algo sin decir nada –me di cuenta que él lo tomó como falta de respeto, y en ese momento empezó a llover. Mandó sus amigos para el bar, que luego los alcanzaba.

–Quiero conversar contigo un rato.

Y fijo que nos habríamos quedado ahí empapándonos si el Pedro no hubiera corrido al bar y de allí no hubiera gritado que si acaso no sabíamos conversar bajo techo. El bar tenía dos mesas; en una, unas parejas tomando y en la otra un tipo sentado en la mesa con el pie en una silla. Mi papá se paró frente al tipo y, no se me va a olvidar nunca, preguntó con la mayor de las calmas.

–Disculpe amigo, ¿le importaría sentarse en una silla?

El tipo respondió al tiro –¿Por qué? –frunciendo los labios un poco, uno de esos tipos que viven metidos ahí, medio dueños de todo, tienen su propia mina, su propio taco para el pool, fijo que esa mesa era la suya. Pero mi papá siguió con la misma calma:

–Porque a nosotros nos gustaría ocupar la mesa. ¿Pidamos una más?

Y pidió una cerveza, le llenó el vaso al ñato, de repente parecían amigos ya y el compadre le pasó el brazo por los hombros. –Lástima que tenga que irme –y se mandó el vaso al seco, mi papá con la botella en la mano todavía, pero tomándola del gollete como quien toma una luma. El tipo se fue y me quedé mirando al papá, los tres sentados, el Pedro con las orejas paradas, mi papá tanteando el terreno:

–¿Y cómo está tu mamá?

–Ahí está.

–¿Les ha hecho falta algo?

–No que yo sepa.

Entonces preguntó si no queríamos pedir algo y el Pedro dijo que por él no tomaría, pero que si no se iba tomar solo esa cerveza, que lo acompañaba. Mi papá le llenó el vaso al Pedro, me miró a mí y me dijo –¿y tú? –Y le dije que yo también lo acompañaba. Y me llenó el vaso hasta la mitad.

Y empezamos a hablar por hablar. Entre trago y trago un bla-bla fulero. ¿Qué es de la tía Vilma? ¿Y el colegio? ¿Ha mejorado de las várices tu mamá? Y otro trago. El quería conversar conmigo, pero el Pedro no atinaba, se había mandado el vaso ya y se llenó otro, empezó a preguntar por la pega del papá, de qué marca era el camión, cuántas toneladas hacía, cuánto se demoraba hasta Sao Paulo, cuánto hasta Recife, cuánto hasta Bahía, hasta que se fue esa botella y vino la otra. Cuando mi papá se vino a dar cuenta, teníamos medio Brasil recorrido, cuatro botellas vacías en la mesa y todavía no había tocado el tema. El Pedro se paró a mear, caminó pateando el aserrín del piso, y en el desnivel casi se cae.

Ahí me agarró mi papá: desde cuándo yo iba a ese lugar, desde cuándo tomaba, qué tomaba, qué le decía a la mamá cuando salía de noche. En eso el Pedro volvió y él interrumpió el interrogatorio, se quedó amontonando aserrín con el pie y yo le dije sin tupirme. –Si viviera en la casa, no tendría que hacer tanta pregunta.

Las veces que nos veíamos eran siempre en la esquina de la casa, paraba el camión y me esperaba que saliera para el colegio, me llevaba y conversábamos diez minutos en medio del tránsito, en ese camión que peaba aire comprimido en cada esquina que frenaba, así que cualquier mochilero que tomara en la carretera terminaba conociendo mejor a mi papá que yo. Entonces siguió amontonando aserrín en el piso y empezó a decir que la cerveza no era muy dañina, siempre que uno no hiciera revoltijo ni tomara con el estómago vacío. Pedro dijo que no había comido y entonces hicieron su aparición las guatitas: la especialidad de la casa, las tenían hirviendo en un fondo, llegaron humeando a la mesa y mi papá les tomó el olor, las probó y atacó el plato con hambre de camionero, diciendo que para hacer las cosas bien hay que hacerlas de a una. Entonces nadie habló hasta que les pasamos el pan a los platos.

Hasta ese momento él lo único que había hecho era preocuparse, sin siquiera tomar como la gente, eso que la mamá vivía diciendo que él era un borracho. Después empezó a comer y solamente comió, se repitió el plato y se empezó a relajar, pidió más cerveza y me fijé que también tenía la manía de pegar la boca de la botella al borde del vaso para que la cerveza no hiciera espuma, y entonces empezamos a tomar con ganas, y el Pedro con hipo ya.

Hasta que, allá por las tantas, él arregló la silla, se soltó el cinturón y empezó. –Mira, hijo, a tu edad...

El no fumaba, y paró de hablar al verme sacar un cigarro y prenderlo con destreza, hecho todo un fumador; se quedó mirándome apenado y con espanto, y yo también me espanté viendo que él ahora tenía algunos cabellos blancos.

Yo tengo una que otra cana desde los catorce y siempre pensé que las había heredado de mi mamá. A mi mamá la he visto siempre con aires de eterna sufridora, canosa a los cuarenta, y el papá siempre con el pelo negrito, y el pecho peludo; en realidad no se veían como pareja, cerca de ella se veía siempre más joven y parecía que lo tuvieran amarrado. Y ahora venía a darme cuenta yo que él era mayor que ella, pero menos maltratado, y me dio rabia.

Entonces uno de los amigos de él, que estaba tomando en el mesón, se acercó a tropezones rascándose el paquete, preguntó si se iba a demorar mucho. Se notaba a la legua que era camionero: se ponía la mano en la rodilla y se iba tirando el pantalón para arriba, quedaba con dos palmos de canilla al aire y una pelota de género en la mano, rascándose el paquete y escarbándose los dientes con un palito.

–Lleva a los cabros, puh, dijo cuando el papá le contestó que quería conversar conmigo otro rato. Y él se quedó amontonando aserrín, frunciendo la entreceja igual que yo, y el tipo ahí rascándose el paquete con una mano; la otra, una mano de este porte, en el hombro de mi papá, las uñas negras de grasa; entonces me acuerdo que, por primera vez en la vida, miré bien las manos de mi papá y las uñas también tenían esa negrura. Qué raro que la cara de él se me ha ido borrando con el tiempo, pero de la mano no me olvido, una vez él cambió en un dos por tres un neumático del camión, con esas manos, cuando yo era más chico que esos neumáticos, y ahora yo las miraba bien y no se me olvidan esas manos.

Me paré a mear y caminé medio agachado hasta la puerta, con la vejiga que me reventaba. En el desnivel me di cuenta lo curado que estaba, casi me caigo, pero el Pedro me afirmó y fuimos a mear en el muro entre tiritones y ocurrencias. Primero al Pedro se le ocurrió que pecháramos otra cerveza antes de pedir la cuenta. A mí, que pecháramos un paquete de cigarros también, y el Pedro agregó: –Tu viejo es desprendido, debe gastar caleta en cada salida de éstas.

Y me acordé de la mamá llorando las pellejerías de la casa, que no tenía plata ni para vestirse, que lo que él mandaba no alcanzaba para la comida, y la vi en la máquina cosiendo y él ahí bañándose en cerveza, fijo que más encima iba a gastar plata en minas, y después iba a salir muy campante el perla mientras ella se hacía mierda la espalda en la máquina de coser; entonces hablé con rabia:

–Si no hubiera tirado ya, lo haría pagarme una al viejo.

El Pedro meó y se quedó sacudiéndose la tula, diciendo que él no había tirado y que además quería tirar con otra mina, ya estaba cansado de la Chiquitita. Y nos quedamos un rato ahí hablando de minas, él sacudiéndosela sin parar, como si goteara todavía, hasta que se le paró y lanzó un suspiro –Mira, puh –y le dije que sí, que había que hacer algo.

–Con tu papá –me cerró un ojo y se tropezó –fijo que entramos al topless.

Me tomó del hombro y volvimos al bar, nos paramos frente a mi papá y él le apuntó con el dedo:

–¿Usted sabe cuándo es el cumpleaños de su hijo?

El papá no sabía.

–Hoy día. Adivine qué es lo quiere de regalo.

El portero del topless nos conocía varios intentos.

–Mayores de veintiún años solamente.

Mi papá le puso un billete en la mano y entró sin decir nada, de repente ya estábamos adentro con el Pedro colgado de mi hombro, cumpliendo la fantasía de conocer un topless por dentro: oscuro, con lucecitas cagonas encendiéndose y apagándose, parecía un pesebre, había una banda fulera tocando en un rincón y la gente bailaba con las mesas alrededor, un mozo iluminándose con una linternita para contar el vuelto, unas minas bailando solas, otras bailando con unos curados como si bailaran con sus papás, total que la cuestión parecía cumpleaños mal iluminado.

El Pedro se colgaba de mi hombro y el amigo de mi papá se rascaba el paquete, y yo en el medio de los dos como para una foto. En eso dejó de rascarse y se le fue encima una rubia que bailaba sola, se fueron bailando los dos y el Pedro pestañeó varias veces: ella estaba sin sostén y con una polera transparente. El papá se sentó a una mesa con el otro amigo, nos sentamos también y al rato una mina se sentó entremedio –y empezó que tomemos un trago, que estoy muerta de sed–. El papá llamó al mozo. "Tráele un vaso de agua a la niña", y le avisó a su amigo que se iba a sentar a otra mesa con nosotros, pero el otro ni escuchó, se había tirado de cabeza al escote de la rubia.

En la otra mesa el Pedro le habló al oído al papá, como si fueran amigos de años. "Tiene toda la razón compadre, pero podríamos tomarnos una cervecita que fuera".

El papá pidió cerveza, el Pedro botó toda la espuma en la mesa, y entonces el papá pidió otra. "Para que botes toda la que quieras."

El Pedro dijo con la lengua medio trabada ya "Me gustaría tener un papá como usted, o sea, como tú".

"A mí también", refunfuñé para callado, para mí mismo, y de repente se me sienta una mina en las rodillas, era la Chiquitita. Y me da un beso en la oreja, y yo ahí hecho un canuto, que estaba el papá al frente. Los dos me miraban y a la Chiquitita le daba lo mismo, me lamía la oreja, el cuello y con un tufo a combinado y una voz ronca me preguntaba si yo no quería otra, si no la estaba echando de menos ya, si no quería que me enseñara la última –y por si fuera poco empieza a chuparme la cara moviendo el traste en mis piernas y yo sin saber qué hacer con las manos.

Los dos me miraban y el Pedro me apuntó con el dedo:

–Hazle algo a esa mujer, hombre, si no tu papá va a creer que eres fleto y que yo soy tu lacho.

Entonces abracé a la Chiquitita y la verdad es que me dieron ganas que me enseñara, pero ella se apartó, me miró a la cara, "amorcito" me dio un besito y de un salto estuvo en las piernas del Pedro y empezó el chupeteo con él. Mi papá, con toda su calma, preguntando si me ponía condón, si me lavaba bien después, si no gastaba mucha plata en mujeres. Le dije que no, pero hacía más de un mes que me gastaba en la Chiquitita todo el billete que la mamá me daba para locomoción y para el cine los fines de semana, que me iba a pie al colegio y que los sábados engrupía que iba al cine, me compraba cigarros y me daban las doce en esos trotes.

Eran más de las once cuando la Chiquitita empezó a llevarse al Pedro a una pieza, y él se paraba a mirarme, mi papá se dio cuenta, llamó a la Chiquitita, hablaron y se metió la mano al bolsillo, sacó el billete y se lo puso en la mano.

–Yo me pongo hoy día.

El Pedro se fue tropezando y prometiendo que en la próxima le retribuía el favor, sin falta, totalmente compenetrado ya con la Chiquitita que se le colgaba del cogote; y le dio la mano al papá y desapareció por una cortina hecha de corchos y chapitas –y nosotros seguimos tomando y mirando un estriptís que lo anunciaron como la octava maravilla del mundo y que resultó tan fome que yo me preguntaba a qué venía el papá a ese lugar.

Entonces se me empezó a revolver el estómago y mientras más miraba a mi alrededor más se me revolvía: ahora parecía que las luces pestañeaban con el propósito de que yo pudiera ver con más detalle, o a lo mejor se me espantó la cura, o el ojo se me acostumbró a la falta de luz, porque empecé a ver. El ráscase–las–bolas amigo del papá era un pobre diablo, las minas una detrás de la otra se le acercaban y le tomaban el trago, una lo dejaba agarrarle el traste, la otra las tetas, una un apretón por aquí, otra uno por allá, él tarareando la música con aires de rey de la noche y las minas vamos secándole el vaso, hasta que lo dejaban seco y solo, y ahí partía el pelotudo a llenar el vaso, pagaba y salía bailando, y antes que probara el trago, alguna mina ya se lo había levantado. El otro amigo del papá se fue con una y volvió a los diez minutos más chupado que un higo, se sentó y empezó a llorar sus penas: se había gastado un ojo de la cara y la mina era de esas que se sacan la ropa, se echan en la cama y se quedan esperando sin moverse siquiera, y cuando uno termina, se ponen la ropa diciendo que tienen que volver al salón.

Mi papá dijo que así eran las putas, que minas como la gente él había encontrado una sola vez en Recife y en un pueblito a orillas de la carretera Río-Bahía; sabían tratar al cristiano, sin hielo en la cama y sin pegar el palo con el trago o con la llave. Me acuerdo que pregunté qué era la llave y me explicó que era el precio de las piezas, y yo le conté que siempre había ido al tugurio del frente, y él me dijo que también había ido, cuando recién lo inauguraron, haría unos treinta años.

Me puse a sacar la cuenta, me acuerdo, a ver si él conocía ya a mi mamá hace treinta años; no me acuerdo a qué llegué, pero, de repente, así a boca de jarro, le pregunté por qué la había dejado. Y yo que siempre había escuchado la historia por boca de ella, la escuché esa noche también por boca suya y hoy día puedo asegurar que lo mejor siempre es escuchar a todos los involucrados y antes de oírlos no condenar a nadie, pues hasta los locos tienen sus razones. Cuando unos tres años después se mató hecho pedazos en esa cabina llena de adornos, fui a ver el estado en que había quedado el camión, a ver si se arreglaba o se vendía como fierro viejo no más. Para sacar los documentos hubo que abrir la guantera con soplete, todos los fierros chorreados de sangre suya, y ahí dentro había una foto mía de cabro chico, mi nombre escrito atrás y "mi hijo, día tanto del año tal", pero ésa es otra historia ya.

Lo que sé es que en medio de esa conversa en el topless, de repente me mira y me dice "cortémosla de hablar cosas tristes, búscate una mina mejor". Le dije que no me hacía el ánimo, que esas eran como piedras de frías, tenía razón su amigo, no valía la pena pararse de la mesa para terminar después con asco en una pieza, en lo que se demoraba uno en sacarse la ropa y ponérsela de nuevo, para qué, para puro gastar el cierre. Me estaba llegando la pálida parece, se me había pasado la mano con el trago, pero ahí él me despabiló con lo que dijo:

–Para que le gustes a una mujer, primero tienes que darle a entender que ella te gusta.

Dejó el vaso en la mesa y siguió:

–Uno tiene que olvidarse de que es puta; hay que verla como mujer. Si uno le tiene buena voluntad, le da besos en la boca, la trata como a la mujer de uno, ella te va a tratar de la misma manera.

En ese tiempo yo era tonto como los pavos nuevos, y me quedé ahí comiéndome la rabia. Mi mamá allá en su cama, si es que no estaba madrugando de nuevo, echándose a perder la vista con la costura, y él diciendo que había que tratarlas como "a la mujer de uno"; me quedé ahí comiéndome la rabia sin decir ni pío; él insistiendo que yo hiciera la prueba con una, yo hartas ganas que le tenía a la de blusa transparente, pero seguí diciéndole que no tantas veces que me dio miedo que de verdad pensara que yo era fleto.

Entonces el papá se paró, fue y agarró a una mina, haciendo el trato en un santiamén: le dijo dos o tres cosas, se fue para el fondo con ella y volvió al minuto. Me acuerdo que le iba a preguntar ¿Y? ¿Le diste un beso en la boca como a la mamá?, o alguna cosa por el estilo, para provocarlo y agarrarnos a cachos. Pero él venía a preguntar si yo iba a esperarlo que volviera, si no estaba con sueño; le dije que lo esperaba y él me pidió otra cerveza y un sandwich, que resultó ser de los mejores platos que me han servido en la vida, porque ya no daba más con el trago y estaba en la etapa de los flatos vinagres.

Comí, cabeceé un rato.

Allá por las no sé cuanto, una mina fue capaz de hacer un estriptís peor que el primero.

Yo estaba que me iba cuando él volvió y se dio cuenta al tiro que yo tenía la mierda hirviendo, que para conversar no estaba.

Entonces pagó la cuenta y me dijo que fuéramos a mear, fui hacia el fondo pero él apuntó a la salida:

–Afuera hay airecito.

Y meamos en el muro, el papá y yo, tomando el fresco, la rabia yéndoseme en la orina, callados, hasta que me sacudí y él me preguntó:

–¿Y cómo anda eso?

Entredientes le dije que bien, y él se acordó de cuando me operaron de la fimosis, cuando vivía con nosotros todavía; yo tenía tres o cuatro años y la herida se infectó. Me contó que me ardía mucho cuando meaba; yo me aguantaba el pichí y me quedaba quieto en algún rincón, porque la vejiga de puro llena con cualquier movimiento me dolía. El me tomaba por detrás entonces, para que no pataleara, y me apretaba la guata hasta que me hacía mear a la fuerza; después me quedaba llorando con la vejiga vacía, llorando de rabia pero feliz.

Entonces me quedé mirándole la tula y pensando que había salido de ahí yo. Me fijé que tenía la misma manía del Pedro, se la sacudía cualquier cantidad, y me acordé del Pedro, de la mamá, de la hora. Le pregunté y me dijo que eran casi las cuatro y cantó un gallo. Le dije que yo llegaba del cine a las doce cuando mucho, pero él se sacudió la última vez, se la guardó, se subió el cierre y me dijo con toda su calma:

–Dile que andabas con tu papá.

(Traducción de ADÁN MÉNDEZ)

LUIS VILELA

LUIS VILELA nació en Minas Gerais en 1942. En 1967 ganó el premio nacional de ficción de Brasil. Sus obras han sido traducidas al alemán, inglés, español, italiano, polaco y holandés. Entre ellas: *Tremor de terra* (cuentos, 1967), *No bar* (cuentos, 1968), *Tarde da noite* (cuentos, 1970), *O Fim de tudo* (cuentos, 1973), *O Inferno é aqui mesmo* (novela), *O Choro no travesseiro* (novela, 1979), *Entre amigos* (novela, 1983), *Contos escolhidos* (cuentos, 1985).

MIS OCHO AÑOS

Cuando tenía ocho años, yo vi al demonio. El padre dijo que el demonio se le aparecía a quien comulgase en pecado mortal. Comulgué en pecado mortal, y de noche se apareció. Se plantó al lado de la cama mirándome y riéndose. Tenía cuernos y rabo y olía a azufre, pero su cara era la del padre, la risa era la del padre, la voz era la del padre cuando dijo: mi corderito. Me fue a abrazar pasándose la lengua por los labios como hacía el padre. Sentí tanto miedo que me oriné en la cama. Di un grito y desapareció. Por la mañana fui a la iglesia y pedí perdón ante la imagen de Nuestra Señora de las Gracias. Le pedí que, si me había perdonado realmente, me diese alguna señal, como lo hacía en las historias que me contaban. No dio ninguna señal. Le pedí de nuevo. Nada. Me acerqué bastante a la imagen y pedí por última vez. Mientras rezaba un Salve Reina, observé que la imagen era bizca: un ojo miraba más para abajo y el otro más hacia arriba. Me hizo tanta gracia que me eché a reír y tuve que salir de la iglesia.

Mi lindo papagayo cearense sacude las alas y emite un graznido que convierte el huerto en la selva de Tarzán. De liana en liana, con un cuchillo en la boca y una tanga, Tarzán salta de la mata de guayabo y va a conversar con el amigo. El amigo no habla. Habla con los otros y trepa en los dedos de los otros. Tarzán extiende un dedo y lo pica. Abre desmedidamente un ojo, eriza el plumaje, adelanta la cabeza en desafío. Tarzán agarra el tirapiedras y le da una pedrada que le arranca un grito agudo. El terrible gavilán extiende las alas para atacar. Otra pedrada y se cae de la cerca batiendo las alas. Otra pedrada y su ojo estalla ensangrentado. Extiende las alas, abre el pico, empina la cabeza erizada y recibe una pedrada en el otro ojo. Ciego, se arrastra por el piso y tropieza con la tela metálica a la que se agarra agitando la alas y dando picotazos. Otra pedrada y revolotea por el suelo, mezclando tierra y sangre. Se aquieta y ni se mueve cuando otra pedrada le da en el lomo. Abre el pico y va introduciendo la cabeza hacia adentro. El viento que mueve las hojas de la mata de guayabo eriza su plumaje azul y las hormigas pasean por el pico sucio de sangre.

Lucinha, dientecitos de conejo y ojos azules, misa de las ocho los domingos y matiné las tardes, mi corbatita roja con lunares blancos, mi sueño, mi amor, diez veces te salvé de las manos del vicioso, veinte veces te cargué de entre las llamas del incendio, treinta veces te llevé en mi avión a chorro, pero tú ni una sola vez me sonreíste. Quien me sonrió fue Zizica, que era gorda y tenía la voz ronca. Me escribió una carta diciéndome que si yo no la quería se tomaría un insecticida. Guardé la carta, que mostraría a los otros después que ella se suicidara, para que todos supieran que era por mí por quien se había suicidado. No se suicidó, y comenzó a enamorar al vecino, que usaba traje y tenía dos bicicletas: yo no tenía ninguna ni podía comprarla. Entonces me pareció bonita su voz y descubrí que su risa se parecía a la risa de una actriz de cine. Comencé a mirarla: ella volvía la cabeza para no verme. Le mandé decir que me sentía mal por su culpa: me mandó decir que le parecía gracioso. Pasé una noche entera sin dormir para que ella viera mi rostro de sufrimiento: me dormí en el aula y me quedé castigado. Andaba con la ropa sucia y desgreñado para que se doliera de mí: ella escupía de asco. Le escribí diciéndole que si no me quería me iba dar un tiro en la sien.

Como un dios del Antiguo Testamento, así era mi abuelo, barbudo y fuerte, gobernando el mundo desde su silla de muelles. Había construido una ciudad, criado diez hijos, roturado regiones salvajes, tenido malaria, había matado cobras y onzas, apresado ladrones, cargaba fardos de ochenta kilos y doblaba barras de hierro; no temía a nada ni a nadie. Y además de eso le gustaban las negras, como lo supe un día en que jugaba en el huerto. Primero apareció la negra. Después Vovô. Detrás del monte de ladrillos viejos, lo vi abrazar a la negra por detrás y agarrarle los pechos. La negra escapó y se escondió tras la mata de mangos. Vovô empezó a relinchar como un burro y a caminar hacia la mata. La negra soltaba unas risitas y entonces vi que era desdentada. Vovô enfiló la barba hacia adelante como un diablo. Luego raspó el piso con el pie como un buey. Después emprendió una rápida carrerita como un puerco y agarró a la negra, levantándole la saya, y entonces vi que no tenía nada debajo. Se arrodilló ante ella y agarrándole el trasero, gemía: abre las piernas, mi amor, abre la piernas.

Yo adoraba a mamá. Cuando ella salía y se demoraba yo pensaba que se había muerto y me entraban ganas de llorar. Pero yo no le obedecía. Me gustaba que me mandara a hacer cosas, sólo para poder desobedecerla. Un día entré en su cuarto y estaba preparando su equipaje. Dijo que estaba cansada de pelear conmigo, iba a viajar y dejarme con Vovô para que él acabara de criarme. Le tomé tanto odio que recé para que un camión la cogiera en la calle y la matara. Ella arregló la maleta y la llevó para la sala. Yo no quería llorar, hice todo lo posible por no llorar, pero cuando ella telefoneó para llamar un taxi, mi cuerpo reventó en un llanto desesperado. Ella me abrazó, dijo que estaba jugando, que todo aquello era fingido, que no me iba a dejar, nunca dejaría a su chiquitito, y me pidió que lo olvidara. Yo lo olvidé. Pero no podía olvidar que había deseado verla muerta.

A mí no me gustaba doña Dalva porque era vieja y fea, mala. Una vez Juca dio un silbido en el aula y ella creyó que había sido yo. Yo dije que no había sido. Ella dijo que yo estaba mintiendo. Yo le dije que no lo estaba. Ella me mandó callar la boca. Yo le dije que no me callaba. Ella me puso en castigo al frente, y todo el mundo se rió. Al fondo del aula Juca se levantó y confesó que había sido él quien había chiflado. Ella dijo: –Ya es tarde. Se lo conté a mamá, ella fue a pedirle satisfacción al director. Le exigió que doña Dalva me diese disculpas ante los alumnos. El director dijo que eso era imposible. Mamá dijo que no saldría de allí hasta tanto doña Dalva no hiciera lo que ella exigía. El director la hizo entrar y yo le escuché preguntando si ella iba a pagar los tres meses que todavía no había pagado. Ella salió y me llamó para irnos. En el camino me dijo que olvidara aquello.Yo le dije que no lo olvidaría. Juré que no lo olvidaría. Ella dijo que tenía ganas de pegarme tanto que sangrara. Luego comenzó a llorar.

Paulito murió, y descubrí entonces que los niños también morían. Era el mejor del grupo. Era alto y tenía los labios tan rojos que parecían pintados. Me pegó un par de veces porque lo había llamado Varilla. Yo me moría de miedo ante él. Resbaló con una cáscara de plátano y dio con la cabeza en la pared: ni se enteró, pero dos días después cayó en cama y dos semanas después murió. Se puso tan flaco que se le veían los huesos, tan sin color que aun antes de morir ya parecía un difunto. Pensé: "ya nunca me volverás a pegar". En los últimos días no dejaba a la madre apartarse de él ni un minuto. Pedía que no le apagaran la luz, porque temía dormirse y no despertarse más. Decía que no iba a morirse porque iba a crecer y ser ingeniero como su padre y construir casas y puentes y tener un yipi para visitar las obras. Se murió, lo vistieron de blanco, lo pusieron en una caja y lo enterraron. El muchacho que sonaba a los otros, que iba a crecer y hacerse ingeniero como el padre era ahora un túmulo entre una cantidad de túmulos en el silencio del cementerio. Por la noche soñé que había sido yo quien había muerto y estaba en la oscuridad de la sepultura y que los bichos me comían los ojos. Me desperté gritando: ¡no me quiero morir!, ¡no me quiero morir!

Me gustaba el sótano. Me gustaba quedarme allí en la penumbra, entre el sonido apagado de los pasos en las gruesas tablas del entarimado. Me gustaba imaginar escorpiones ocultos tras los baúles azules con flores diseñadas en la tapa y tras los muebles fuera de uso, empolvados y llenos de telarañas. Me gustaba el olor del sótano, que era el olor de las personas que habían muerto hacía mucho tiempo. La puerta con un candado enorme y pesado: si la cerrasen, el sótano quedaría oscuro como una tumba. Escuchando los pasos en el entarimado, yo esperaba a Leila. Jugábamos a los médicos. Ella se echaba boca abajo sobre la cama estropeada y me pedía que la inyectara en el muslo. La jeringuilla era un pedazo de palo fino y puntiagudo: yo enterraba la punta en su carne hasta que ella gritaba de dolor. La enferma murió y quiso ser velada. Cerró los ojos y cruzó las manos sobre el pecho. Busqué flores en el jardín y la adorné con ellas. Encendí un cabo de vela y lo puse a un lado. Salí y arrimé la puerta. Al tiempo que cerraba el candado, oí un grito que me erizó como el grito de un alma de otro mundo.

El miedo crece entre las paredes frías del hospital, apretazón en la barriga, ganas de saltar por la ventana, dos brazos que me agarran por atrás, implacable delantal blanco, lucecita encendida en la cabeza del médico, aguja que me meten en la garganta y rasgan sin piedad. Odio ese rostro que mira con calma primero la herramienta en la mano y luego mi garganta y no ve mis ojos helados por el pavor y no oye mi corazón que late fuera del pecho y sacude la sala entera: mamá, mamá, mamá. Brutalidad del hierro rasgando, arrancando sangre por boca, nariz, ojos, oídos, palangana blanca, danzando en el aire mano agarrando mi cabeza, calma, calma, ya pasó, ya pasó. Ya pasó: la palangana con sangre puesta en el suelo, el médico quitándose la lucecita de la cabeza, mamá sonriendo: ya pasó, mi hijo, todo salió bien. Voces y pasos en el corredor, puertas abriéndose y cerrándose, barullo de carros en la calle, mis ojos sin sueño y cansados de mirar las paredes verdes y lisas. En el cuarto vecino un gemido triste y monótono como el gemido de un perrito enfermo. Un joven pobre, con mal de Chagas, un mes de vida al máximo, dice el médico a mamá. Me manda abrir la boca: magnífico, ya puedes mandar a pedir un helado, si aguantas. Sonríe y desaparece. Por la puerta abierta lo escucho en el cuarto vecino: ¿qué pasa, muchachón, y esa gemidera?, ¿es así que quieres sanar rápido y regresar al campo?

No le era simpático a tía Clea porque un día la vi sin dentadura, y nadie nunca la había visto sin dentadura. Ella dijo que lo iba a pagar caro. Yo sentía miedo tan sólo de ver su cara. Era médico y le dijo a mamá que si no trataban mi gripe podía convertirse en algo serio: recetó una inyección que me hacía berrear de dolor y me hinchaba el brazo. Yo me escondía en el patio, huía para la calle, gritaba, pataleaba, rompía cosas: mamá desistió de la inyección y sané. Tía Clea se enteró y dijo que yo sufría de los nervios; dije que no regresaba allí ni arrastrado y mamá me llevó a otro médico. Este me examinó y dijo que no tenía nada, que aquella edad era así y que algún día habría de tener nostalgia de mis ocho años.

(Traducido del portugués por ARSENIO CICERO SANCRISTÓBAL)

JOÃO ANTÔNIO

JOÃO ANTÔNIO nació en Sao Paulo en 1937. Antes de dedicarse a escritor pasó por los más diversos oficios, lo cual no deja de reflejarse en su obra, que ha sido traducida al español, alemán, checo y polaco. En ella podemos destacar: *Melagueta, Perus e Bacanaço* (cuentos, 1963), *Leão-de-chácara* (cuentos, 1975), *Casa de loucos* (cuentos, 1976), *Lambaões da caçarola* (cuentos, 1977), *O Copacabana* (cuentos, 1978), *Meninão do caixote* (cuentos, 1983), *Abraçado ao meu rancor* (cuentos, 1986).

PERFECCIONAMIENTO DEL ARTE DE CHUTAR CHAPITAS

Ahora estoy un poco barrigón. Pero alguna vez fui un muchachito simpático, y un medio central muy bueno. Por lo menos Biluca aseguraba que yo lo era. Nunca estuve en el banco durante los cuatro años de U.M.P.A., que quería decir: Unión de los Muchachos del Presidente Altino.

La voz de Biluca era obedecida, porque él era el técnico y el dueño de los balones. Si era técnico de verdad, no lo sé. Sé que los balones eran suyos y sin ellos no había juego. Pero la familia se mudó, la secundaria llegó y la presunción de buen medio central se esfumó.

En la Moóca, yo veía a los muchachitos del Caióvas F.C. Papá no me perdía pie ni pisada en la escuela. Era la única forma, porque de otro modo no estudiaba. Yo veía a los muchachitos y no podía jugar.

Al anochecer, los grillos y los sapos cantaban en los charcos del campo de la U.M.P.A. Después de la comida, cada cual venía por su lado y nos juntábamos en la sede. Despreocupados, fumábamos a gusto y cantábamos cosas. Había cierto aire de hombres en nosotros mientras fumábamos. Serios en los pantalones cortos, el dedo golpeando en el cigarro, la ceniza cayendo en el suelo. Cantábamos cosas, nos jactábamos.

–Pues sí. Yo bien pudiera haber acabado con aquel tipo, pero no quise.

No es que Biluca le tuviera odio al tipo; no se ponía furioso con nadie; estaba lejos de ponerse furioso. Es que hablaba de un juego que habíamos perdido. A eso de las ocho, la inspiración aumentaba. Los más viejos iban arreglando las cosas. Biluca con su cavaquiño[1], y yo replicaba en una sartén. Había una caja que un tipo de la Fuerza Pública tocaba (él también era bueno con la pandereta).

Las voces se elevaban, se unían y nosotros tocábamos con ganas.

En aquellas noches de la U.M.P.A., en la pequeña sede que sólo era un cuartito alquilado con dificultades, con la mensualidad raquítica de cada uno... En aquellas noches me invadía una leve tristeza, una ternura, un no sé qué, como tal vez hubiera dicho Noel...[2] Yo estaba allí, en grupo, pero por dentro estaba solo, me aislaba de todo. Era un sentimiento nuevo que me agarraba, me adormecía. Yo nunca se lo dije a nadie, porque no me parecía cosa masculina, dura, de hombre. No eran las costumbres que el piquete quería. Pero a mí, aunque era un muchachito, me gustaba; era como si una persona muy buena estuviese conmigo, acariciándome. Las letras de las grandes sambas hablaban de dolores que yo apenas imaginaba, pero me dejaba adormecer, sentía.

A los pies de la santa cruz
usted se arrodilló
y en nombre de Jesús
un gran amor juró...

Y después, sólo después era Noel en las noches tranquilas. Me gustaba que una música tuviera dueño, fuera hecha por una persona. Necesario es también que diga que la primera atracción por el sambista[3] me nació de una forma oscura. Para mí, Noel no era nombre de gente, Noel era nombre de cosa, apenas podría admitirse como nombre de Papá

[1] *Cavaquiño*: Pequeña guitarra de cuatro cuerdas. (N. del T.)
[2] Se hace referencia a Noel Rosa, uno de los compositores más importantes en la historia de la música popular brasileña. (N. del T.)
[3] *Sambista*: Bailador o compositor de sambas. (N. del T.)

Noel... Y para mí, Papá Noel era cosa y no persona. Papá Noel, Saci[4], San Jorge montado en el caballo eran cosas, personas no.

Los domingos trepábamos en un autobús y nos íbamos a jugar a otras villas[5]. Había batucada[6] en la ida y en la vuelta. O mejor, a veces regresábamos cabizbajos, maldiciendo al árbitro, al terreno que no conocíamos, todo para justificar la derrota.

Por ese tiempo comencé a prestar atención a las letras de las sambas, y sentí, sin entender muy bien, que el tamaño de Noel era otro, diferente, mayor, conmovedor, no sé. Había una tristeza, una cosa que yo oía y no podía dudar que fuera verdad, que hubiera ocurrido. El deleite aumentó; yo fui entendiendo las letras y alcanzando las delicadezas del ritmo que me envolvía. Hoy, cuando la melodía me llega en la voz mulata del disco, vuelve la tristeza de niño y los pelos prietos del brazo se erizan.

Sobraron restos de memoria de los sudados juegos en la U.M.P.A.

Rememoro, por ejemplo, cuando marqué el gol más decente de mi vida. Tal vez el único realmente. Desarrollado con estilo, cabezazo firme, buen resultado de un centro inteligente del extremo. Salió todo bien. El portero estaba en el centro de la meta. Sin entender nada. Yo me avergoncé porque Aldónia estaba comiendo rositas de maíz del lado de allá del campo. Y lo vio todo. (Aldónia era una torpe especie de enamoramiento que yo estaba engendrando.) Quedó en eso. Un día ella me pilló fumando escondido, en la ma-

[4] *Saci*: Una de las más populares deidades fantásticas brasileñas. Negrito de una sola pierna, con pipa y gorro rojo, que, según la creencia popular, persigue a los viajeros o les prepara trampas en el camino. (N. del T.)

[5] *Villa*: Núcleo poblacional mayor que una aldea y menor que una ciudad. (N. del T.)

[6] *Batucada*: Reunión popular donde se toca samba con instrumentos de percusión, y puede tener o no acompañamiento vocal. (N. del T.)

yor holganza como un mono trepado en una mata de aguacate.

Lo contó. ¡Desgraciada! En casa me sonaron porque ella lo contó. Encabronamiento. Le escribí en una tarjeta palabrotas insultantes, mucho peores que aquellas que escribíamos en los armarios del vestidor de la U.M.P.A. "Tú esto, tú aquello". Tontería enorme. Zurra fuerte en casa. Papá esperándome con la tarjeta en la mano. La muy cabrona lo contaba todo, porque sabía que a mí me sonaban duro. Aquello era ya hacerme parecer un payaso.

–No me hables más.

Por suerte, Aldónia, hoy por hoy, no sirve para nada.

Cuartel.

Ni me dejaron pensar en el fútbol. *Jiu-jitsu*. Y yo que siempre quise una pelota... Los cabrones me querían en quimono, aprovechándome lo poco que sabía de peleas.

El comandante con dos hijos. Dos niños mimados, con manía de mandar a los demás. Más pesados que esas musiquitas que se oyen en la radio. Lloriqueo irritante, sin motivo, ni ritmo, ¡ni nada!

Y yo soportando once meses a los hijitos del comandante.

–Sí, señor, señor capitán.

Porque, según él, los muchachos tenían irrefrenable aptitud para la lucha. De acuerdo con el hombre, eran genios en todo lo que hacían.

Para mí, el comandante era bueno. Yo no tenía queja. Favores, licencias, el hombre me daba ciertas libertades. Sin embargo, tenía un defecto sin remedio. Yo nunca solté palabra. Si lo hubiera hecho, prisión. El mal mayor del capitán era no reconocer la verdadera vocación de los muchachos: sembrar papas... En la huerta del padre, o donde pudieran. Para el *jiu-jitsu*, garantizo que no habían nacido.

Hace algún tiempo vengo perfeccionando cierta manía. Al comienzo chutaba* todo lo que encontraba. La cosa era

* Del inglés *to shoot*: fusilar, disparar (un tiro, una fotografía). En el fútbol significa lanzar el balón de un puntapié. (N. del T.)

chutar. Un pedazo de papel, un cabo de cigarro, otro pedazo de papel. Cualquier rotura en la acera entorpecía el ataque de mis pies. Después, ya no fueron los papeles, los corchos, las cajas de fósforos. No sé cuándo comenzó en mí el placer sutil. Sólo sé que comenzó. Y voy tratando de trabajarlo, valorando la simplicidad de los movimientos, belleza que intento alejar de los pormenores más vulgares de mi arte en perfección.

Ver las chapitas que encuentro en mi camino y querer chutarlas es la misma cosa. Puedo diferenciar desde lejos qué chapita es aquélla o aquella otra. Cuál es la marca (si estuviera con el corcho hacia abajo) y cuál la fuerza que debo emplear en el chute. Me pongo en posición y ya casi lo tengo todo controlado. Me voy acercando, el deseo creciendo, los pies aproximándose a la chapita, no quiero un chute extraviado. Fallé muchos, aún fallo algunos. Es plenamente aceptable la idea de que para acertar, son necesarias las pequeñas fallas. Pero es muy desagradable; el entusiasmo desaparece antes del chute. Sin gracia.

Mi hermano, tipo serio, responsabilidades. El, la fachada; yo, contrario. Medio burgués. Muy sensato. Novio...

–Eres incorregible. ¿Dónde se ha visto eso? ¡Ahora sí!

Es que yo, a veces, interrumpo conversaciones en la calle para mis chutes.

Sólo alguien como yo, un perfeccionista de aquello que hace, puede valorar un chute digno por determinadas chapitas. Porque, como todo, las chapitas son desiguales. Para algunas que vienen en las botellas de agua mineral, reservo cariño. Cuidado particular, donaire. Es grato chutarlas bien abajo, para que suban y se demoren en el aire. O de lado, casi con el empeine, alcanzándolas de lleno. Suben. No demoran mucho, porque aún no soy un gran chutador. Pero me afano, porque ellas lo merecen.

Mis chapitas... Unas maravillas.

Descubrí con encanto que mis zapatos de goma se prestan mejor para realizar mi tarea. Dulce y difícil tarea de chutar chapitas. Realmente. La chapita parece no sentir. Va hasta el otro lado de la calle con bastante facilidad. Está claro que en proporción directa a la propulsión de los chutes. Apenas la goma toca el cemento, la chapita se desliza, se mueve. Es necesario equilibrar la fuerza de los pies.

Pero quien se entrega a la creación, vive descubriendo. Descubrí el delicioso "plac-plac" de mis zapatos de tacones de cuero, en las tardes y las madrugadas en las que deambulo, sin rumbo, despacio. Esta ciudad mía a la que mi villa pertenece, guarda hombres y mujeres que, apresuradamente, corren para vivir, de un lado a otro, semanas terribles. Los sábados por la tarde y los domingos enteritos, la ciudad se despuebla. Todos corren a diferentes lugares, lejanos de la ciudad. Son momentos, entonces, de mi "plac-plac". ¡Se hace distinta mi ciudad! No puedo hablar de mis zapatos de tacones de cuero... ¡En mis andanzas es que me doy cuenta! Entonces ellos constatan, en soledad, que sólo hay niños, hay pájaros y hay árboles en las tardes de los sábados y los domingos, en esta ciudad.

Ahora recuerdo: mis favoritas vienen en las botellas de agua mineral marca Prata. En rojo y blanco. El corcho cubierto por una especie de papel impermeable blanco y brillante. Lo que las hace más valiosas es el corcho forrado. Armoniosas y originales. Muy bien hechas.

Para ellas me esfuerzo con firmeza, con esmero. A veces, encontrándolas por casualidad en la calle, las guardo en el bolsillo de la chaqueta, para disfrutarlas más tarde. Porque sólo los zapatos de goma son dignos de mis favoritas. En cuanto los calzo, me pongo a estudiar los chutes. Es necesario valorarlas como se merecen, ir trabajando los puntapiés con cautela, hasta que la goma se aproxime levemente y pegue en la chapita y la haga subir, volar pequeñas distancias atravesando la noche. Sólo el ruido de la goma en el chute y después el ruido de la chapita aterrizando. Y uno después del otro, los dos se buscan, los dos se encuentran, se juntan los dos, se enlazan, se integran, amorosamente. Es necesario sentir la belleza de una chapita en la noche, engrandecida en el pavimento. Sin esto es imposible entender mi trabajo.

A las chapitas comunes no las valoro demasiado. Ordinarias aparecen así como así. Vagabundas de las aceras. No las abandono, no obstante. Me sirvo de ellas para experimentar, para superar la torpeza de mis chutes potenciales. Porque desarrollo variaciones, aprendo descubriendo chutes, coqueteos, usando el calcañar, los lados de los pies. Con el derecho, con el izquierdo, medio de lado... Tentativas.

Consigo, por ejemplo, meterlas por tragantes de la calle. Si es imposible trabajar en la acera, paso para el asfalto y comienzo a chutar. Muy bueno en la madrugada, cuando los carros son pocos y la luz de los postes cae sobre las chapitas en el asfalto.

Sería muy injusto olvidarme de que las de cerveza prieta son interesantes. Igualmente. No puedo despreciarlas. Ellas con sus logotipos en el centro. Una cabeza de buey o de mulo. También me dedico con simpatía a las de cerveza prieta. Probablemente porque me recuerdan trabajos nocturnos, almuerzos improvisados, trechos duros de la vida.

Había en el cuartel una caja de ellas. Reservadas para los sargentos de guardia. Cada uno tenía derecho a una. En el refrigerador del almacén siempre había. Era difícil conseguir una cerveza prieta. El comandante me encargó estar al tanto del aprovisionamiento, ayudando al sargento Cunha. Asegurar las provisiones al personal de la comida. Buena vida. Mis funciones bien que eran otras, allá en la Secretaría. Mecanografiando, calentándome la cabeza con números y precios en la calculadora. Pero yo enseñaba *jiu-jitsu* a los hijos del comandante, un lince... Las cervezas prietas eran inaccesibles. Todos querían. Los hombres vivían pendientes de ellas.

–Si se pierde alguna, se descuenta del pago.

De mi pago, claro está. Una orden de no sé quién.

Yo no era ni muy tonto ni muy escrupuloso. Manejaba, salía con el camión, ocurrían virazones.

–Dime, ¿estás entretenido? ¡Se vira!

Yo me defendía como podía. Pues un día, el sargento Cunha se olvidó de una caja en el informe. Quedaban copias del informe dentro del armario. Los leía. Era la primera cosa que yo hacía al comienzo de cada mes. A veces sobraba algo que faltaba en el informe... Yo me reía.

–El sargento no es un santo.

¿Y quién es santo?

Disputa difícil aquélla. Porque el hombre se daba cuenta de mis ojeadas al informe. Cada uno engañando al otro, encubriéndose. Cuchillo de dos filos.

–Fulano, ¿tú no viste una lata de mermelada?

–No, señor. Este mes no vino mermelada.

–Ah...

Ahora, con las cervezas prietas fue cosa fácil. Los sacos de cebolla que fui a buscar al abastecimiento, eran de malla y muy fáciles de coser. Una ganga. Hice maraña en dos de ellos y escondí doce botellas. Pequeñitas, metidas entre las cebollas. ¿quién podría dar con la cosa? Espumeaban, prietas, deliciosas. Las iba tomando una hoy, otra mañana. Y desapareciendo las botellas vacías.

–Oye, ¿estás entretenido? ¡Se vira!

Yo me defendía.

Memoria triste. Un día me pillaron jugando veintiuna en el picadero, donde se guardaban camiones y otros vehículos. Tres hombres de la cocina y yo en lo mejor del juego. Castigo. Aquel día por poco le da algo al comandante...

–¡Partida de vagos!

Cárcel. No perdonó a nadie.

Conseguí un trabajito por las noches, para sacar un dinerito extra. El empleo da poco. Cerca de casa, una oficina de contabilidad. Mi hermano:

–Eso es, ya era hora de sentar cabeza.

Mi hermano sólo piensa en la seriedad.

Acá en el barrio mi fama todavía es pésima. Lunático, juerguista, una serie de cosas que soy y que no soy. Después que conseguí el empleo por las noches, hay señoras madres de familia que ya me saludan. A veces aparecen en sus rostros sonrisas de confianza. Creen, sin duda, que estoy mejorando.

–Buen muchacho, buen muchacho.

Como si eso me interesara.

Me hago el seriote, me quedo hasta tarde. Números, cuños, cosas vulgares. Diez, once horas. De vez en cuando llevo cerveza prieta y llevo a Huxley. (Leí dos veces *Contrapunto* y lo leo siempre.) No me quedé en el campo de la U.M.P.A., en las lecciones de distribución de pases y centros que Biluca me daba.

Dejando la oficina. La madrugada acostumbra oscurecerlo todo. Cosas y hombres. Sólo mis chapitas relucen en la acera. *Contrapunto* debajo de un brazo. Una botella de cerveza prieta vacía en el otro. Silbando, las manos en los bolsillos.

Mamita suele decir que yo no soy de los más feos. Bien. Vino a vivir al barrio una profesorcita soltera, muy mediocre. Los muchachos le caen atrás por causa de una dote, o de algo parecido. No sé. La vida de los demás nunca me interesó. Ni la de ella, aunque viva provocándome. Quiere casarse, seguramente. Miro a la mujer, a sus maneras, a su anillo... Quiere casarse. Yo no.

Hace días, en el autobús. La fulana estaba a mi lado queriendo conversación. Intentaba, una mirada, en los bordes los ojos meciéndose. Un enorme anillo de graduación en el dedo. Ostentación boba. Es una muchacha como cualquier otra. Igualita a las otras, sin diferencia. ¿Y yo voy a casarme con aquella cosa?... Me pareció que buscaba conversación, por causa del Huxley que vio reposando en mis piernas. Yo, Huxley y las chapitas somos coincidencias. Que se encontraron y que se llevan bien. Preguntó lo que yo hacía en la vida. La pregunta vino con elegancia, buenas palabras, delicada, tal vez no queriendo ofender el silencio en que yo me encerraba. Casi respondí...

–Oye: soy un tipo que trabaja muy mal. Silbo samba de Noel con algún bossa nova. Ahora, mi especialidad, mi gusto, mi vida misma, es chutar chapitas de la calle. No conozco chutador mejor. Pero no sé. La voz mulata del disco me hablaba de cosas sutiles y triviales. De vez en cuando un amor que muere sin un mensaje, sin una carta. Celos, quejas. Sutiles y triviales. O la cadencia de los versos que exaltan un cielo ceniciento, un guante, un auto de alquiler... Si oigo una samba de Noel... Es muy difícil decir, por ejemplo, qué es más bonito: *Feitio de Ovacão*[7] o mis chapitas.

[7] Una de las más populares sambas de Noel Rosa. (N. del T.)

INDICE